フィギュール彩 58

THE BARREN LAND OF FIGURES:
PAUL DE MAN AND AMERICA
TAKAYUKI TATSUMI

盗まれた廃墟

ポール・ド・マンのアメリカ

巽 孝之

figure Sai

彩流社

目次

第三部　鬱蒼たる学府
――アーレント、ド・マン、マッカーシー――

第四部　注釈としての三章
――ガーバー、水村、ジョンソン――

※　参考文献は、各部末に付した。

ポール・ド・マン
1983年9月、イエール大学にて
（撮影：© 今泉容子）

はじめに

本書は、二十世紀後半に活躍した不世出の学者批評家《スカラー・クリティック》ポール・ド・マンをアメリカ文学思想史の文脈で読み直す試みである。

もちろん、この本を手に取るほどの読者ならば、すでにこの人物とその批評体系について親しんでおり、一定の予備知識を持ち合わせているかもしれない。そして、その肖像を描くことにさほどの困難を感じていないかもしれない。

たとえば、こんな具合に――。

ポール・ド・マンは一九一九年にベルギーはアントワープの裕福な家庭に生まれ、ブリュッセル自由大学に通うも第二次世界大戦におけるナチス・ドイツ侵攻の煽りで勉学の中断を余儀なくされると、しばし文芸評論や編集出版などを中心にジャーナリズムで活躍した。しかしさまざまな事情から戦後一九四八年に渡米し、いわゆるニューヨーク知識人の知遇を得たことで、まずは四九年にバード大学《カレッジ》に奉職し、五一年にボストンへ移ったあとにはベルリッツでフランス語を教えるとともに五二年よりハーヴァード大学大学院生となり、一九六〇年にはロマン派をめぐる英仏比較文学研究で博士号請求論文を完成、それと前後してコーネル大学准教授となる。以後の彼は、一九六六年のジョンズ・ホプキンズ大学における構造主義会議でのちにポスト構造主義を代表する哲学者ジャック・デリダに出会ったことがきっかけとなり、一九七〇年に移籍したイエール大学ではデリダの脱構築《ディコンストラクション》理論を中核に据えるJ・ヒリス・ミラーやジェフリー・ハートマンらの同僚たちと文学批評の一大学派を築き「イエール・マフィア」とも渾名され、その主著『盲目と洞察』(一九七一年)と『読むことのアレゴリー』(一九七九年)は北米アカデミズムにおける脱構築批評の聖典となった。一九八三年、彼が六四歳の誕生日を迎えてまもなく急逝したのちにもイエール学派の猛威は続いたが、しかし八七年を迎え、ド・マンが戦時中に、対独協力者であった伯父アンリ・ド・マンの影響下、ブリュッセルの新聞数紙に発表していた反ユダヤ主義のニュアンスを含む記事が少なからず発見され、いわゆる「ド・マン事件」が勃発。それに伴い、以前から周囲で燻っていた理論への抵抗勢力が激越な脱構築批評批判を巻き起こし、イエール学派はその歴史的使命を終える——。

以上の教科書的シナリオは、二十世紀前半から中葉まで影響力をふるった新批評《ニュー・クリティシズム》から二十世紀後半を彩る脱構築批評《ディコンストラクティヴ・クリティシズム》へ至る道筋とその末路を図式化するにはまことに簡便きわまるために、これまで何度となく使い回されて来た。新批評が戦間期からプロテスタンティズム独自の聖書解釈学と民主主義理念を融合していったアメリカ南部起源の体系であったのに対し、脱構築批評がフランスを中核とする大陸系の哲学を文学に応用する環大西洋的な方法論であったという割り切り方ほどわかりやすいものはない。したがって、ド・マンを語るにもデリダとの比較が不可欠であり、両者の最大の争点であったルソーからカント、ニーチェにハイデッガー、バタイユへと通ずるヨーロッパ哲学史の文脈を優先させるのが自明の前提だった。そして、彼の没後には、若き日の対独協力的にして反ユダヤ主義的な言説が暴露されたことをもって、以後はド・マンに対しては口をつぐみ、その批評理論自体も忘れたふりをするのが、暗黙の約束事だった。八〇年代を席巻した脱構築は終わり、九〇年代以降には新歴史主義《ニュー・ヒストリシズム》やポストコロニアリズム、ひいては文化研究《カルチュラル・スタディーズ》一般に取って代わられたのだとするシナリオの直線的にして単細胞的な、そしてあまりにも政治的に正しい、これは着地点である。

しかし冷静にふりかえってみれば、一九八一年の段階で、のちに新歴史主義の泰斗として一世を風靡するスティーヴン・グリーンブラット自身が編著『アレゴリーと表象』にド・マンの寄稿を仰いでいたし、ド・マン事件の渦中たる八〇年代末、のちにポストコロニアリズムの旗手として広く知られるガヤトリ・スピヴァクは第一作『他の世界で』(一九八八年)を出すが、同書から二一世紀の惑星思考宣言『ある学問の死』(二〇〇三年、抄訳版邦題「文化としての他者」)に至るまで、彼女が恩師ド・マンへのオマージュを忘れたことはない。ド・マンの遺産は批評潮流が変わっても、その底流においていまも脈々と受け継がれ突然変異を遂げている。とりわけ二一世紀最初の年に衝撃を与えた九・一一同時多発テロは、戦後長く核爆弾投下現場を意味した「グラウンド・ゼロ」の記号表現《シニフィアン》を根底から捻じ変えてしまった点において、まさにド・マン的な濫喩《キャタクレシス》がやすやすと自然化しうる現実の到来を、広く実感させたであろう。二〇一〇年代を迎えてもなお、ド・マンの未発表論考がつぎつぎと公刊され、マーティン・マックィラン、マーク・レッドフィールドらを筆頭とするド・マン研究やイヴリン・バリッシュらのド・マン伝が引きも切らず、我が国でも二大主著の邦訳が成ったのを機会に岩波書店『思想』が全面的なド・マン特集号を組んだゆえんは、そこにある。

もちろん、本書はそうした最新のド・マン再評価を可能な限り積極的に取り込み、巻末にはド・マンの伝記的背景とアメリカ文学史、文芸批評史を連動させた詳細な年譜と、固有名詞を中心にした索引も用意した。にもかかわらず、結果的に出来上がったのは必ずしも平坦な概説書ではない。本書が関心を持つのはただひとつ、ド・マンが戦後の文学的経歴をハーマン・メルヴィルの『白鯨』のフラマン語訳から開始し、ホーソーンの「ラパチーニの娘」やポーの「盗まれた手紙」にも親しみ、わけてもニューヨーク知識人の代表格にしてベストセラー小説『グループ』の著者メアリ・マッカーシーの介在により北米学界へ参入したというアメリカ文学思想史的脈絡が、長くひとつの盲点になって来たという一点に尽きる。それは必然的に、ポール・ド・マンにおけるアメリカの意義という単純素朴な問いへと、わたしたちを立ち戻らせる。

ポール・ド・マンにとってアメリカとは何であったか。

もちろんそれは、第一義的には戦後ヨーロッパの悪夢を除染しうるアメリカの夢であったろう。それはたしかに、彼がハーヴァード大学大学院で学んだ一九五〇年代、パクス・アメリカーナの最盛期においては輝かしい未来を夢見させてくれたはずである。しかし、まったく同時にド・マンが学者批評家として頭角を現した一九六〇年代から七〇年代のアメリカは、ケネディ大統領やキング牧師の暗殺が相次ぎ、ヴェトナム戦争が泥沼化のあげく敗戦に終わり、ウォーターゲート疑獄やロッキード疑獄が紛糾するという、最悪の悪夢の時代であった。そしてド・マンは、そうしたアメリカの悪夢の混沌の底にこそ、もうひとつのアメリカの夢を幻視し、新たな批評理論の創造へ向かったのではなかったか。

以上の視点より、本書の第一部「盗まれた廃墟――アウエルバッハ、ド・マン、パリッシュ」は、彼が戦後ヨーロッパの廃墟を生き延びるために、いかに古典的人文学の伝統とポスト構造主義の最先端とを融合したかを物語る。第二部「水門直下の脱構築——ポー、ド・マン、ホフスタッター」では脱構築批評最大の論争の現場となったテクスト「盗まれた手紙」の問題系がいかにウォーターゲート疑獄の時代意識と共振したかを思索する。第三部「鬱蒼たる学府——アーレント、ド・マン、マッカーシー」ではアメリカ亡命直後のド・マンがいかにジャーナリズムを断念しアカデミズムへ参入したか、その結果、いかに代表的な学者批評家になるばかりか、新しい批評理論のみならず新しい文学サブジャンルの創成にも加担することになったか、その道筋を辿る。そして第四部「注釈としての三章——ガーバー、水村、ジョンソン」では、文字どおり先行する第一部から第三部までの注釈を兼ねて、ド・マンの後継者たちによる理論的展開が、いかに脱構築や文化研究、はたまたグローバル時代の国民文学を力強く弁護し再評価して行くものになったかを記述する論考群を並べている。それはとりもなおさず、国家間の戦争のみならず理論間の闘争が残した廃墟の瓦礫を再構築し、二一世紀における人文学の新たな可能性を再確認する作業にほかならない。

第一部　盗まれた廃墟

――アウエルバッハ、ド・マン、パリッシュ――

第一章　戦場のディコンストラクショニスト
——暗号学と文献学——

二〇一三年、イギリス・ロマン派研究の大御所M・H・エイブラムズが百歳を迎えた。大著『鏡とランプ』（一九五三年）、『自然的超自然主義』（一九七三年）といった画期的業績を残すとともに、ノートン版英文学アンソロジーや現代批評用語辞典編纂においても圧倒的な企画力を発揮したコーネル大学名誉教授の足跡を称え、同文学部英文科のニューズレター〈イングリッシュ・アット・コーネル〉二〇一三年冬号は巻頭からエイブラムズ百歳記念特集を組んだ。かつては一九六〇年代半ばの短期間とはいえ、のちに北米脱構築批評の首領と呼ばれることになるポール・ド・マンの同僚であり同じくロマン派研究の学徒であったエイブラムズは、脱構築理論については一貫して、それがテクストの決定不能性を前提とする限り世界に文化的真空を生み出し独裁者の絶好の餌食になりかねないという批判的見解の持ち主であったが、その大御所がいまなお健在であるのを寿ぎ、ジョナサン・カラーやジェフリー・ハートマン、サンドラ・ギルバートなどそうそうたる面々が祝辞を寄稿しており、わずか一〇ページながら、一大学英文科のニューズレターにはあり得ないほど豪華な誌面が構築されている。

だが、この誌面で注目したのは、それればかりではない。同じくコーネル大学教授であったベストセラー作家ダン・マコールとともに、イギリス文学を専攻しロマン派詩人ウィリアム・ワーズワスの全集二十一巻やモダニズム詩人W・B・イエーツなどの全集全三十二巻の編纂と徹底校訂で知られるスティーヴン・パリッシュの訃報と弔辞が衝撃だった。一九二三年生まれであるから、享年九〇。エイブラムズの著書は英文学者であればいかなる専攻であろうと英文学研究上の必読文献だが、他方パリッシュの名前は、我が国でもイギリス・ロマン派の専門家集団以外ではほとんど知られていまい。だが、かつてジャック・デリダもコーネル大学での講演「根拠律――その被後見者の瞳に映る大学」(一九八三年)で喝破したように、マンハッタンからは車で五時間は北上しなければならないニューヨーク州北部のイサカという町は豊かな自然のなかに、イギリスでいえばそれこそウィリアム・ワーズワスらロマン派の巨匠たちが遊んだ湖水地方にも似た湖と峡谷を抱く。丘の上の大学は、まさにその環境および生と死の境に架かるかのごとき特徴的な吊り橋《サスペンション・ブリッジ》からしてロマン派的美と崇高を研究するのに絶好であった。そして、まさにそのなかでこそ半世紀以上ものあいだ、エイブラムズからパリッシュ、ド・マン、リーヴ・パーカー、メアリ・ジャコウバス、ひいてはド・マン自身の高弟シンシア・チェイスに至るロマン派研究者が切磋琢磨してきたことを忘却するわけにはいかない。

エイブラムズは一九一三年生まれ、ド・マンは一九一九年生まれ、チェイスになると一九五三年生まれであるから、世代的には親子以上の開きがある。にもかかわらず、新批評《ニュー・クリティシズム》から脱構築《ディコンストラクション》におよぶアメリカ批評史のなかで、コーネル大学がロマン派研究の牙城のひとつとなり、まさにその一環としてディコンストラクションをも促進してきたことは、明記しておかなくてはなるまい。そしてエイブラムズの十歳下に位置し、ド・マンとはほぼ同世代感覚であったろうパリッシュは、必ずしも派手な批評活動では知られてはこなかったものの、地道な本文校訂という意味における文献学的なテクスト研究で大きな業績を挙げてきた学者である。二〇〇四年、八〇歳を迎えたパリッシュは多くの文学者がテクスト異同研究においては最終決定版ばかりを優先させようとする傾向に異議を唱え、こう語っている。

> 言語は隠喩に先立つ。断じてその逆ではない。したがって文学作品の初期の版というのは詩人の意図がいかに変動していったかを明かすのに重要なのだ。それを辿れば、詩人がいかに自分自身の意図を定義し理解しようと躍起になっていたか、その足取りを辿ることができるだろう。（中略）仮に精神分析学者フロイトのような書き手であったら、われわれの興味というのは特殊な選好を示す隠喩から抽象概念ないし経験を意味づける隠喩へと少しばかり変動するということになる。とりわけ、抽象概念を理解し評価するためには、書き手が繰り出すさまざまな隠喩を検証するのが不可欠だ。というのも、隠喩こそは自己と他者の思考のあいだに横たわる差異に架かる橋だからである。テクストを読み返すとき、読者はまず隠喩に行き当たり、その背後にひそむ抽象概念をあれこれ推測する。ここで改めて類比されるのは暗号学《クリプトグラフィー》だ。まずは暗号化されたテクストを前にして、その背後にひそむメッセージをあぶりだすこと、これである。
>
> （〈コーネル大学英文科ニューズレター〉第十六号［二〇一三年］十一頁に引用、傍点引用者）

何よりも先に言語があり、なぜそれを記したのかその意図については詩人当人ですら事後的に探すものだという因果転倒の構図が、ここにははっきり表れている。自身が右の引用を含む弔辞の著者であり、イギリス・ロマン派研究の専門家であるリーヴ・パーカー教授は、パリッシュ教授がこれまで一度も「過去三十年間のコーネル大学での教歴において重要な批評的理論的運動であった脱構築には積極的に関与したことはない」と断りながら、この言語観には明らかに脱構築と通ずるものがあると考える。げんにパリッシュ教授自身が右の引用文と同じ二〇〇四年に、自分自身とエリザベス朝演劇研究家にして書誌編纂者であるヴァージニア大学名誉教授フレッドソン・バウワーズのことを「最初期の脱構築批評家であり、原＝脱構築批評家であり、隠れ脱構築批評家であった」と強調してみせた。そして、そう断言するときの根拠になるのが、同教授が戦時中、ほかならぬバウワーズとともに、ワシントンDCはマウント・ヴァーノン女子大近くの海軍暗号解読局に籠り、アメリカ海軍少佐として活躍し、日本海軍の暗号解読に成功したという経歴なのである。

暗号そのものの歴史は古代ギリシャや古代ローマにさかのぼるが、アメリカにおける暗号学は、古く建国の父のひとりにして第三代大統領であったトマス・ジェファソンをもって嚆矢とする。大統領に選出される五年前の一七九五年、ジェファソンはのちに通称「ジェファソンの輪」(ジェファソンズ・ホイールまたはジェファソンズ・ディスク)と呼ばれる暗号作成装置を考案した。これは三十六枚の木製円板を並べたシリンダーだが、各円板の人目にふれる円周部分はアルファベットの数に合わせ二十六等分され、それぞれランダムな順番で二十六文字が書き込まれている。暗号発信者は三十六文字のメッセージを作文するのにまず円板を調節して固定し、そこからメッセージの文章以外の行を選んで暗号にすればよい。そこにはおそらく、まったく意味を成さない文字が連なっているだろう。だが、これとまったく同じ装置をあらかじめ備えている暗号受信者は、その文字の連なりを突き止めたら、その他の二十五行の連なりを調べ、意味を成すセンテンスを探し出せばよい。この「ジェファソンの輪」が肝心なのは、ヨーロッパ的暗号学の伝統とはまったく離れたところで着想され、それがあまりにも有用だったがために、何と二十世紀は第二次世界大戦に至るまで重宝されたという歴史をもつ点にひそむ。

そしてこの第二次世界大戦当時、ドイツの暗号作成装置〈エニグマ〉と並ぶ日本の暗号作成装置〈パープル〉の解読に成功したのが、コーネル大学では園芸学を学んだウィリアム・フリードマンであった。彼は当時、自己の敷地内に化学や遺伝学のみならず暗号学の研究所も備えていたジョージ・ファビアンに雇われ、ファビアンの念願だった「ウィリアム・シェイクスピアがフランシス・ベーコンの筆名だった」という仮説の証明のため、のちに良き伴侶となるもうひとりの研究者エリザベス・スミスとの共同により、シェイクスピアのテクスト内部にベーコンという固有名がいかに暗号化されているかをあぶり出す作業に従事するとともに、暗号解読技法をますます深め、一九四〇年八月からは日本の〈パープル〉攻略に取りかかり、二十ヵ月後にとうとう成功を収めるのである。したがって、このとき何らかのかたちでフリードマンの配下で働いていたのが、のちに北米を代表する書誌学者にして文献学者となるフレッドソン・バウアーズとスティーヴン・パリッシュであったことは疑いない。

ここで興味深いのは、パリッシュが自身の仕事を振り返って「隠れ脱構築批評家《クリプトーディコンストラクショニスト》」(**crypto-deconstructionist**)と呼んでいることだ。慣用表現として「クリプト」なる接頭辞が付けば、じっさいにはそれ以下にくる「脱構築批評家」の正体を「隠している存在」と解釈するのが当然だけれども、パリッシュ自身が戦時中には手練れの暗号解読技術者《クリプトグラファー》(**cryptographer**)だったとすれば、この英単語自体に多重に暗号が仕掛けられていることになる。つまり「隠れ脱構築批評家《クリプトーディコンストラクショニスト》」なる呼称が「真に隠している存在」は、あからさまに表明したことはなくてもデリダやド・マンの脱構築批評には密かに共鳴していた学者批評家、それも、文字どおり戦時中の暗号解読技術により必然的になりえてしまった脱構築批評家なのである。

　以上の歴史的背景を綴ってきたのは、必ずしも暗号学と脱構築批評を理論的に類推するためではない。そうではなく、まさに戦時下だったからこそ、フリードマンにおいてシェイクスピア研究と日本海軍暗号解読とが矛盾なく併存してしまうスリリングな言説空間が保証されたことの意義を、いまいちど再確認したいからだ。テクストの深層には必ず何かが隠されているという——隠喩の下には必ず何らかの抽象概念が隠されているという——問題意識と、敵の目を欺く暗号を駆使して戦い抜くという——あるいはまさにその暗号をみごと解読することで敵を出し抜くという——目的意識とが何ら矛盾なく併存し、時には相互に影響し合った言説空間は、今日必ずしも日常的ではない。だが、まさにそうした戦時経験が介在したからこそパリッシュのように緻密な書誌学および本文校訂にいそしむ英文学者が生まれ、一九六〇年代にはベルギーからの亡命者ポール・ド・マンを暖かく同僚に迎えるばかりか、その死後二〇年を経て——その途上、戦時ジャーナリズムにおけるナチ加担問題が発覚したド・マン事件が介在してもなお——脱構築批評を再評価しようとする姿勢を失わなかったのではないだろうか。

　パリッシュと同い年でポストモダン・アメリカ小説の代表的作家カート・ヴォネガットは、戦時中のドイツで捕虜となり、味方を味方とも思わぬドレスデン大爆撃がもたらした存在論的危機をもとに、初期の代表作『母なる夜』(一九六一年)においては、アメリカ人の二重スパイ、ジョン・ハワード・キャンベルが米独のあいだを巧みに立ち回りながら、アメリカへの帰国後には戦時中にナチス・ドイツの大量虐殺へ加担した過去をひた隠しにしなければ——それこそ暗号化して語らなければ——ならなかったという物語を紡ぎ出した。そして代表作『スローターハウス5』(一九六九年)では若きアメリカ人兵士ビリー・ピルグリムが作者自身のペルソナとしてドレスデン大爆撃を経験するも、それを直接的にではなくあえて架空の超時空的存在「トラルファマドール星人」という相対化的な視点から隠喩的に再構築する物語を書き上げていた。ポール・ド・マン自身をモデルにした小説は、ド・マン事件以降、ギルバート・アデアの『作者の死』(一九九二年)ほか少なからず書かれているが、そもそもわれわれの知るド・マンも脱構築批評もド・マン事件すらも成立するはるか以前の段階で、ヴォネガットが『母なる夜』で描き出したのは、戦時中の自己のナチスとの共謀が発覚するのを恐れ、ひっそりとニューヨークで暮らすキャンベルの肖像であり、それは、ド・マン以上にド・マン的というほかない。また、ヴォネガットとも並び称されるポストモダン・アメリカ作家のひとり、フランス系ユダヤ人作家レイモンド・フェダマンは一九二八年五月十五日のパリ生まれだが、一九四二年七月十六日にパリのユダヤ人がナチス・ドイツにつぎつぎと逮捕されアウシュヴィッツ収容所送りにされたとき、彼の両親も姉妹もその魔の手を免れず最終的にはガス室で命を落としたが、少年レイモンドだけは家の内部のクロゼットに逃げ込んでいたので助かり、以後の逃亡生活において彼は自身のアイデンティティを隠し偽ること、すなわち嘘をつき続けることで生き延びることを学び、それによって自伝すらも虚構であり虚構こそ自伝にほかならないという、それこそド・マンが名論文「摩損としての自伝」

（一九七八年）で図式化したのと寸分変わらぬポストモダン小説の物語学へ到達している。

肝心なのは戦勝国出身か敗戦国出身かという問題ではない。戦争こそが、どの国に属するかという問題とは関わりなく、自らの人生そのものを暗号化せねばならぬ主体を生むとともに、文学テクストの歴史をあたかもひとりの人間の暗号化された生涯であるかのごとく解読しようとする主体をも生むのだ。その意味で、ポール・ド・マンが戦後ベルギーからアメリカへ渡る過程でナチ加担問題、ユダヤ人差別問題以上に自らの経営する出版社エルメスの詐欺問題まで抱えていたがために、そうした過去を一切精算しつつ、新世界で自己の主体そのものをゼロから造り直そうと試みた足取りは、自己の新たな人生がたとえ伏せ字だらけの暗号めいたものになっても生き延びようとする意志と、文学テクスト内部に隠喩に先立つ言語のドラマをあたかも暗号のように解読していこうとする意志の双方に貫かれている。

第二章　修辞学の復権

——または荒野に潜む魑魅魍魎——

以上、ポール・ド・マン前後の環大西洋的亡命者およびそうした存在をモデルにした超虚構的亡命者について語ったのは、必ずしもそこからド・マンのアメリカを直接あぶり出そうと考えたからではない。それ以上に、新世紀になってもなお新発見論考を採録した「新刊」の相次ぐド・マンを読み直していくと、もうひとり、さらに上の世代ながら脱構築の基本的方法論たる修辞的読解《レトリカル・リーディング》に絶大な影響を与えたとおぼしき偉大な亡命批評家エーリッヒ・アウエルバッハの影が浮上してくるからである。

かつて一九八〇年代半ば、イエール大学大学院博士課程の博士号請求論文執筆候補者としてド・マンに師事していた水村美苗は、ド・マン没後の口頭試問に用意し、のちに『イエール・フレンチ・スタディーズ』六九号に掲載されるや多くの理論家たちに影響を与えることになる画期的なド・マン論「リナンシエイション(拒絶)」において、一九五〇年代から六〇年代までの初期のド・マンにおいては存在論的用語とともに「拒絶」や「犠牲」といった概念が好まれたいっぽう、七〇年代以降八〇年代初頭に逝去するまでイエール脱構築派を率いていくド・マンにおいてはそうした用語が影を潜め、難解な修辞学用語に取って代わられていく落差に着目して、論文前半で下記のめくるめく省察を展開した。

ド・マンの初期のエッセイ群は後期のよりも雑多な様相を呈しており、その落差に読者は愕然とするだろう。だが、そこでひとつの段落、ひとつの文章、あるいはほんのひとつの単語でもいいので遭遇してみれば、われわれはド・マンによって耕されたおなじみの土地《ファミリアー・グラウンド》からいきなり身を引き剥がされ、ド・マンを知る前の時代に慣れ親しんでいた土地に来ているのを発見する。そのときわれわれは換喩的転義《メタレプシス》、パラバシス、破格文《アナコルーソン》、兼用法《シレプシス》、濫喩《キャタクレシス》、パラノマシス、それに活喩《プロソポピーア》といった奇々怪々なる修辞学用語が跳梁跋扈する荒野《バーレン・ランド》から、死、苦悩、悲哀、内面性、内省、意識、自己認識といった懐かしい顔ぶれが暮らす文学のふるさと《ホームランド》へ帰って来たと感じるのだ。（原文八二―八三頁）

右の透徹した洞察を抜きにしては、以後のいかなるド・マン論も不可能である。ジョナサン・カラーやマーティン・マックィランといった英語圏における最も深いド・マンの理解者たちがこぞって水村を賞賛するのも故なきわけではない。だが、ここで留意すべきは、誰よりもド・マン自身がこれら修辞学用語の怪物ぶりを意識していたという事実だろう。たとえば名論文「メタファーの認識論」（一九七八年）において、ジョン・ロックの『人間知性論』を読むド・マンは「言語の乱用は、もちろんそれ自体が濫喩《キャタクレシス》という文彩《トロープ》として命名されている」と宣言し、ロックの「混合様相」理論を援用してこう述べる。「いかに無害に見える濫喩のうちにも怪物的なるものがひそむ。たとえば人が机の脚《レッグス》や山の面《フェイス》を口にするとき、濫喩はすでに非人間を人間化する活喩へと転じており、世界には亡霊たちや怪物《モンスターズ》たちが潜在していることが徐々に明らかになっていく」（『美学イデオロギー』四二頁）。この一節に接して、読者は同じくベルギー出身の偉大なシュールレアリスム画家ルネ・マグリットの絵画を連想するかもしれない。彼の「アルンハイム」（一九三八年）はエドガー・アラン・ポーの風景庭園譚「アルンハイムの地所」（一八四七年）からタイトルを借用しているものの、荘厳な山の表面が鷲の顔《フェイス》と不可分になっている構図には、ドイツ語における「アルンハイム」（Arnheim）の「鷲の住処」なる意味を字義どおりに実現してみせたところにその妙味があるからだ。

　しかし、さらに興味深いのは、続く議論でド・マンが、こんどはロックに傾倒するコンディヤックの『人間認識起源論』を引き合いに出し、そこで隠喩とまったく同じ構造ゆえに抽象概念が蔓延したあげく、その「誘惑的な力が合理的な言説に与える脅威」を警戒していることだ。コンディヤックに倣えば抽象概念は隠喩として翻訳できるが、再びロックを想起し「あらゆる文彩には自己要約的な変型能力が備わっている」とするなら、抽象概念は隠喩をもその一部とする文彩そのものとして翻訳できる。「概念と文彩の認識論的含意を意識しようとすればたちまち、概念は文彩に、文彩は概念に転じてしまう」（四三頁）。したがって、彼が抽象概念の増殖力を警戒するとき、それはとりもなおさず、隠喩のみならず文彩そのものが内部に欠陥を抱えつつも自己増殖力を持つことを懸念していることになる。「抽象概念はあたかも雑草、あるいは癌細胞のごときものであり、ひとたびそれを使うが早いが、そこかしこにはびこるだろう」（四三頁）。隠喩と抽象概念とを類推し、それらの特性を悪しき雑草ないし業病の蔓延にそれ自体たとえてみせるというレトリックの裏には、ド・マン本人が苦悩したであろう全体主義的抽象概念の支配を連想させるところもあるが、ここでは言及するにとどめる。それ以上に注目に値するのは、続く文章でド・マンがそうした不吉なる抽象概念の蔓延をアン・ラドクリフやメアリ・シェリーに、とりわけナサニエル・ホーソーンのゴシック・ロマンスにたとえているところだ。「こうして抽象概念は『驚くほど多産的』と形容されるわけだが、しかしそれはどこかラパチーニの庭めいたところ、すなわちいかなる庭師をもってしても排除することも抑制することもできない繁殖力旺盛な植物から漂う不吉な雰囲気を帯びているのである」(四三頁)。

フランス文学やドイツ文学に比べると、ド・マンが英語圏文学に言及するのは必ずしも多くはないので、右のくだりは脱構築的言語観を英米文学によって例証した例外的な文章といってよい。とりわけアメリカ文学との関わりということでは、アメリカへ亡命する直前の段階でフラマン語に翻訳したハーマン・メルヴィルの長編小説『白鯨』(一八五一年)や、ルソー『告白』における「盗まれたリボン」に注目するきっかけとなったであろうエドガー・アラン・ポーの推理小説「盗まれた手紙」(一八四四年)を除くと、ここで暗示されるホーソーンのゴシック・ロマンス短篇「ラパチーニの娘」(一八四四年)に限定されているのだから、その思い入れには格別のものがあったろう。というのも、アメリカ文学史上の傑作とも評価される同作品は、今日ならマッド・サイエンティストの典型とも呼べるラパチーニ博士が自らの美しき娘ベアトリーチェを実験台に人間の身体を毒で組み替え、毒の花の咲き誇る庭園で育てるも、彼女を恋する学生ジョヴァンニが解毒剤をあてがうや、美女はたちまち死に絶えてしまうという物語である。デリダであれば、物語の根本に潜む毒と薬の両義的関係をファルマコンの概念で読み直すであろうが、ベルギー時代には理系の学生であったド・マンは、「ラパチーニの庭」——およびシェリー夫人の『フランケンシュタイン』——にたとえた抽象概念転じては修辞言語の宿命をずばり「ゴシック小説のプロット」と断定し、そこでは「人間がやむにやまれず一匹の怪物を造り出した結果、けっきょくその怪物にことごとく依存することはあっても、ついぞ殺害しえない」(四四頁)ことを喝破する。ここで彼はまぎれもなく、言語の宿命のうちに現代的テクノロジーの宿命を重ねている。阿野文朗は卓抜な論文「ホーソーンと毒薬」(一九八五年)で作家がいかにこの短編のみならず他にも多くの作品群で毒薬の知識をフル活用し、人間性の根本に潜む闇の力を表現しようとしたかを論証したが、ド・マンにとっては何よりも修辞的言語が、転じてはそれと連動する抽象概念こそがラパチーニの庭にも比すべき怪物であり闇の力であった。ピューリタン的罪悪感を寓喩化《アレゴライズ》する言語そのものが、そして言語を読むことそのものが、あたかも毒薬のごとく人間の意味体系を撹乱し断片化するのだというアレゴリー。奇々怪々なる修辞用語があたかも怪物のごとく跳梁跋扈する荒野は、たしかに第一次世界大戦後にT・S・エリオットが幻視した荒地や、第二次世界大戦後にド・マン自身とも無縁ではない大量虐殺後の廃墟をも二重写しするだろう。

だが、前掲論文「リナンシエイション」から三十年近い歳月を経た二十一世紀の水村が、いまでは『続　明暗』(一九九〇年)、『私小説』(一九九五年)、『本格小説』(二〇〇二年)、『母の遺産——新聞小説』(二〇一二年)といった重厚な創作で主要な文学賞を総ナメにした批評家ならぬ小説家となり、その根本には近代日本文学の伝統が根強いことを熟知しているわたしたちが改めて読み直すならば、先に引いた論考前半の前提におけるあまりにもシャープな区分、すなわち初期ド・マンが垣間見せる「懐かしい言葉が棲息する文学のふるさと」と後期ド・マンが好んだ「奇々怪々な修辞学用語が跳梁跋扈する荒野」の区分そのものがきわめてレトリカルな時間倒錯の上に成り立っていることを、再確認せざるをえない。論文後半で明かされるように、そもそも「荒野」という隠喩自体、水村がド・マンの「ルードヴィヒ・ビンスワンガーと自己の昇華」(一九六六年初出、『盲目と洞察』所収)後半から借用したうえで、限りなくアイロニカルに洒落のめしているからだ。ド・マンは現代批評における難問の根拠を「存在論的な還元＝縮減という荒野」を見放し「生き生きとした経験の豊かさ」と引き換えにしてしまう傾向に求めたが、水村はそうした初期ド・マンの言葉遣いを巧妙に換骨奪胎して後期ド・マンの特色を「修辞学用語が跳梁跋扈する荒野」に求めてみせたのだから。もちろん「荒野」という隠喩そのものを水村が好んでいるゆえんは、ド・マン自身の影響以上に、のちに『本格小説』が準拠するエミリ・ブロンテのゴシック・ロマンス『嵐が丘』への偏愛が成せる業かもしれないが、その点はここでは追及しない。いま問題にしたいのは、彼女はあたかも初期ド・マンが誰にでもよくわかる伝統的な文学観の持ち主で後期ド・マンが人によっては奇々怪々なほど革新的な文学観へと転回したかのように語ってはいるものの、じっさいのところ、前者のほうがはるかに新しい近代的文学観であり、後者は近代以前、それこそギリシャ・ローマ時代以来十七世紀までは絶大な力を発揮した古典的文学観だということだ。古代からの伝統をもつ修辞学が失墜したのは、イギリスのピューリタン革命を境に、言葉に翻弄されて人は大虐殺すらなしてしまうことへの反省が生まれたからである。ド・マン自身が加担したナチス・ドイツがユダヤ人大虐殺を行なった歴史を考えるとまことに皮肉ではあるが、しかし彼が脱構築批評において試みたのは、まさに長く忘却されてきた学問体系としての修辞学を復活させ新たな意味を与えることにほかならない。そしてそのとき、ド・マンが準拠したのがアウエルバッハであった。主著『ミメーシス』と変わらぬ時期に綴った名論文「フィグーラ」(一九四四年、『ヨーロッパ演劇の諸相』〔一九五九年〕所収）には次のような一節がある。

「クインティリアヌスが文彩《トロープ》として挙げているのは隠喩《メタファー》と代喩《シネクドキ》、換喩《メトニミー》に換称《アントノメイジア》などなど枚挙にいとまがない。さて比喩形象《フィギア》については、彼はそれを内容を伴う比喩形象と言語を伴う比喩形象のふたつに分類する。前者に含まれるものには、たとえば語り手が自分で尋ね自分で答える修辞疑問《レトリカル・クエスチョン》や、あらかじめどんな異議申し立てが出てくるかを推測してかかる予弁法《プロウレプシス》、判定者や観客にだけは真実を洩らすかのような素振り、自身の敵対者のごとき他者や人間ならざる故郷のような概念の擬人化された存在に喋らせようとする活喩《プロソポピーア》、荘厳なる頓呼法《アポストロフィ》、物語に具体的な細部、すなわち実証や実例を加えてリアリティを増す潤色法、多彩なるアイロニー、文章を途中で飲み込んでしまう頓絶法《アポサイオピーシス》、自身の発した言葉を嘆く擬装などなど。しかし当時最も重要と見なされ、ほかの何をおいても比喩形象の名に値すると目されたのは、多様なる形式を展開する隠された引喩《ヒドゥン・アリュージョン》であった」（二六—二七頁）。

いま引用したアウエルバッハのフィグーラ論の一節を、たとえば先に引いた水村論文が「奇々怪々なる修辞学用語が跳梁跋扈する荒野」にたとえた後期ド・マンとじっくり読み比べるならば、その文体があまりにも酷似していることに気づくはずだ。両者が「活喩」に留意しているところもスピーチアクト理論の観点から興味深いが、とくにアウエルバッハが内容を伴う比喩形象の代表として挙げる「修辞疑問」と聞けば、ド・マンがのちにイエーツの名詩「学童に混じりて」の最終行「踊り子と踊りをいかに切り離せようか?」(How can we know the dancer from the dance?)を文法と修辞の二項対立という視点から脱構築してみせた記念すべき論文「記号学と修辞学」(『読むことのアレゴリー』所収)を想起せざるをえまい。なるほど、われわれはすでに戦時中のド・マン執筆になるジャーナリズムを知悉しているがために、戦後に頭角を現すド・マンが限りなく怪物的な修辞学用語を好み、『読むことのアレゴリー』最終章(第十二章)「ルソー(言い訳)」ではエクリチュールの成り立ちを説明するのに主体をめぐる「四肢切断、斬首、あるいは去勢」といった残虐極まる術語を駆使していることを、まったくの白紙状態で読むことはできない。だが、少なくとも修辞学用語に関する限りは、戦時中にトルコはイスタンブールへ亡命したアウエルバッハが、満足な図書館や古文書館、信頼しうる批評的刊本などに恵まれない環境でこそ書き上げた『ミメーシス』の文学思想と寸分変わらぬことに、われわれは再び立ち戻るべきではあるまいか。今日では、カダー・コナックの精密な研究『イースト・ウェスト・ミメーシス――トルコにおけるアウエルバッハ』(二〇一〇年)も証明するように、じっさいにはイスラーム圏のダンテ学者たちとも交流を深めていたにもかかわらず、アウエルバッハはあえて歴史的資料の欠落という戦時環境を誇張することで、文学とは言語の芸術、すなわち豊穣な修辞学的成果にほかならないことを強調したのである。

第二章　ミメーシスの逆説
——または「文学Z」の野望——

もともとド・マンは主要なドイツ系文学者として、のちにアメリカ新批評《ニュー・クリティシズム》とも密接な関係を結ぶ亡命ユダヤ人文献学者レオ・シュピッツァーや、マニエリスム芸術論の始祖でありグスタフ・ルネ・ホッケの師匠でもあるエルンスト・ローベルト・クルツィウス、ひいては受容美学の理論家ハンス・ロベルト・ヤウスらの名を挙げることが多かったけれども、とりわけプロイセン系ユダヤ人学者アウエルバッハの固有名には一貫して特権的地位が与えられている。

ド・マンはまず一九五〇年代、ハーヴァード大学若手研究員として博士号請求論文『ロマン主義的苦境』を執筆していたころの論考「主題批評とファウストの主題」（一九五七年）においてクルツィウスやエルンスト・カッシーラー、ジョルジュ・ルカーチらの名前とともにアウエルバッハに言及し、彼らはみな主題の歴史から観念の歴史へとわれわれを引き戻す役割を演じていると語り、アーサー・ラヴジョイらの観念史学派を意識しつつ現代批評における神話から観念へ、さらには形式への力点推移を図式化してみせる。つづく一九六〇年代、彼が首尾よく博士号を取得しコーネル大学で教鞭を執り始めたころに発表した「モダンとは何か？」（一九六五年）はリチャード・エルマンとチャールズ・ファイデルソン・ジュニアが編纂したアンソロジー『近現代の伝統——近現代文学の背景』に対するいささか辛辣な書評だが、そこで彼は、この手のアンソロジーにアメリカ人批評家のあまりにも著名で入手しやすい論考を再録するのは意味がないことを認めつつ、編者はたとえばアウエルバッハの主著『ミメーシス』(一九四六年)の最終章かクルツィウスのヨーロッパ文学論一編を収録すれば近現代の文学意識を照射する点において詩人当人の理論的文章を入れるよりはるかにましだったろうと提案している。同じころチューリヒ大学での研究成果をドイツ語で口頭発表した「ワーズワスとヘルダーリン」(一九六六年)でも冒頭から偉大な文学史家としてハザード、ヴォスラー、クルツィウスと並びアウエルバッハが言及され、それほどの権威による仕事においてすらロマン主義が回避されていることが問題化される。さらに七〇年代、いよいよイエール大学へ移籍したのちの第一著書『盲目と洞察』(一九七一年)第二章においては、アウエルバッハの『ミメーシス』を彩る西洋文学観の根本が「初期キリスト教的な、いや、およそ全キリスト教的な現実観を貫いている、感覚的現象と意味との闘争」であり、いかなる弁証法も感覚的現象と意味のあいだの「橋渡しをすることができない」ことが喝破されている(「アメリカのニュー・クリティシズムにおける形式と意図」、邦訳四七―四八頁)。第二著書『読むことのアレゴリー』(一九七九年)においては、ロマン主義の真に弁証法的な歴史がいまだ書かれていないこと、ヘーゲルは文学史もしくは芸術史の輪郭を綴ったが同時代については見て見ぬふりをしてしまっていること、同じような盲目性はヘーゲルに続く真に弁証法的な著作にも認められることが指摘されたうえで、その「真に弁証法的な著作」の代表としてヴァルター・ベンヤミンの『ドイツ悲劇の根源』と並びアウエルバッハの『ミメーシス』が言及され、そもそも弁証法がロマン主義を扱う正当な方法論たりうるのかどうかについて疑義が呈される。そして死後出版となった第三著書『ロマン主義のレトリック』(一九八四年)の序文においては、同書が全体に統合的ならぬ断片的な性格を露呈してしまっていることへの弁明として、ポスト・ロマン主義文学の断片的特徴が批評理論家の文体的原理そのものになっており、それはテオドール・アドルノの『美学理論』とともにアウエルバッハの『ミメーシス』が体現するものであることが指摘される。ちなみに、二十一世紀を迎えて勃興するド・マン再評価の渦中で再発掘された文献「授業計画書——文学Z」(一九七五年頃執筆)は二年の構想ののち、一九七七年春学期にイエール大学の文学専攻全体の学部生対象にジェフリー・ハートマンとの共担で行なわれた「読むことと修辞的構造」「メタファーの認識論」として実現するが、その趣旨には次のような一節が読まれる。

文学のメタ言語的側面を強調するのは二十世紀における文学研究のすべての主要な潮流を特色づけるものであり、方法論が歴史的であるか(たとえばクルティウスやアウエルバッハ、ガダマーのように)、または共時的であるか(たとえばロシア・フォルマリスムやアメリカ新批評、構造主義や記号学のように)を問わない。この事実は広く認められているのに、これまで現実の教育カリキュラムに応用されることはほとんどなかった。こうした傾向が文学テクストの正典《キャノン》基準の拡大とともに文学教師自身の研究に影響を与えているのは明らかであるにもかかわらず、等閑視されてきたのである。

(マーク・レッドフィールド編『ポール・ド・マンの遺産』附録2、一八六—八七頁)。

このようにド・マンがアメリカに渡り学者批評家として頭角を現す一九五〇年代からその最晩年八三年に至るまでの三〇年間、彼の脳裏からアウエルバッハのテクストへの敬意が片時も失われなかったことは、注目に値しよう。とりわけ右で列挙したうち遺著序文に記された断片的スタイルにおける『ミメーシス』と自著の類推には、偶然以上のものがある。アウエルバッハが同書をそのように断片的なかたちで執筆せざるをえなかったのは一九三五年、ナチス・ドイツの人種政策の煽りでドイツ中西部はマールブルク大学文献学部における研究を辞さなければならなくなり、そのとき申し出のあったトルコはイスタンブール州立大学のロマンス語学文学教授の職を引き受け亡命して、満足な資料もない環境のもとで大著『ミメーシス』をものしたからだ。しかし刊行後同書は偉大な文学批評として正典入りする。彼はその後、一九四七年には渡米しプリンストン大学で教え、一九五〇年から没する五七年まではイエール大学ロマンス語文献学スターリング教授として教鞭を執る。この足取りを見るなら、ポール・ド・マンもまた、ユダヤ人ではないとはいえ同じくナチス・ドイツの過去から逃れるため人生そのものを新天地で更新しようとした亡命者であり、アウエルバッハが渡米した一年後の一九四八年に渡米し、五〇年代にはハーヴァード大学大学院での研鑽を経たあとコーネル大学、ジョンズ・ホプキンズ大学での教歴を重ね、イエール大学へ移籍してからは七九年にかつてのアウエルバッハと同じスターリング教授に推挙され八〇年にその座に就いているのだから、これはたんなる奇遇とは思われない。スターリング教授という冠は同大学卒業生にしてニューヨークの敏腕弁護士であったジョン・ウィリアム・スターリングが一九一八年の没後に寄付した一五〇〇万ドル(二〇一三年の尺度で換算して二億ドル、すなわち現在の日本円で概算して約二百億円)を基金として、イエール大学が各分野の最高権威を称える栄誉であり、七〇年代当時は基本的に全学でも二七名に限定されていた(現在は四十名に達している)。したがって五〇年代のアウエルバッハはこの冠によりイエール最高峰のロマンス語系文献学者として、七〇年代末のド・マンはイエール最大の比較文学者として認められたことになる。

しかし、ド・マンがアウエルバッハを学者人生の大半において意識し続けたのは、名著『ミメーシス』とそれに関連する著作の内容が、副題「ヨーロッパ文学における表象」が示唆するような生易しいものではなく、修辞学の根本に迫っていたからではあるまいか。最も基礎的な文芸批評用語として「ミメーシス」と聞くと、人はそれを古くギリシャ哲学者プラトンやアリストテレスによって構想された「自然の模倣」であり、現実と言語の忠実な対応関係すなわち古典主義的リアリズムを思い浮かべるかもしれない。それは副題どおり西欧文学におけるリアリズムの伝統を辿ったものと解釈されてきただろう。そして、戦後の現代文学の特徴をリアリズムからの脱却と見定め、ポストモダン小説の基礎を成すメタフィクションをアンチ・リアリズムすなわちミメーシス批判の文学としてお手軽に定義した理論書は、決して少なくはない。だが、アウエルバッハが語るミメーシスをよくよく吟味してみれば、それが必ずしも古典的定義に準ずる普遍的な尺度をもつものではなく、時代や国家ごとに、たとえばキリスト教に根ざす聖書的リアリズムからラブレーのグロテスク・リアリズム、シェイクスピアらの魔術的リアリズム、スタンダールの政治的リアリズム、トルストイやドストエフスキーのロシア・リアリズムに至るまで、多彩なスペクトラムを示すものであるのが判明しよう。『ミメーシス』という本は、俗流リアリズム解釈を覆し、ミメーシス概念を根本から塗り替えるためにこそ書かれている。同書は、言語という鏡が時代ごとに異なる現実を忠実に反映するというよりも、言語とはもともと外界を忠実に描写するかのような素振りを見せつつもそれが指し示す対象を思い切り歪曲し、自らにあてがわれた意味を裏切り続ける媒体であることをめぐる、ひとつの寓話なのである。

そもそも『ミメーシス』が根本に据える言語と現実の関係は基本的にキリスト教で言う預言と成就の弁証法、いささか図式化してしまえば聖書と歴史、修辞学的には予型《タイプ》と原型《アンチタイプ》の弁証法に根ざすがために、同書では最も重要な「比喩形象的《フィグーラル》リアリズム」の概念が前景化されているのであるから、それを迂回したリアリズム理解は、まったく成り立たない。とりわけダンテの『神曲』を分析しつつ再定義してみせた第八章「ファリナータとカヴァルカンテ」における議論は傾聴に値する。

パウロやその他の教父たちによって旧約聖書に合致するように展開されたユダヤ＝キリスト教的な聖書解釈学によれば、アダムはキリストの比喩形象であり、イヴは教会のそれである。(中略)また一般に旧約に出ているすべての現象と出来事とは、キリストの化肉という現象と出来事によって実現される、あるいは慣用表現を使えば、成就される比喩形象であると考えられるのだが、それと同様に、『神曲』においては、ローマ世界帝国は神の国で天上的に成就されるものの地上での比喩形象なのである。(中略)筆者は、比喩形象的な構造が、その両極を成す比喩形象と成就とに、具体的で歴史的なリアリティを伴う特徴を備えさせ、その点で象徴的かつ寓喩的な擬人化とは食い違うことを強調した。この前提に立つなら、比喩形象と成就とは、たしかに前者が後者の「予型を成す」ものの、両者がそろって帯びる意義は決してリアリティと矛盾しない。比喩形象と見られる出来事はその字義的にして歴史的な意味を維持し、決してたんなる記号に堕することなく、出来事のままでいる。

（プリンストン版 一九五—九六頁、邦訳 三三三—三四頁）

比喩形象がたんに言葉の綾にとどまることなく、それ自体が出来事のリアリティと不可分に融合すること。こうした比喩形象的リアリズム、聖書解釈学的にわかりやすく言い換えれば予型論的リアリズムと呼ぶべきものが、戦後のアメリカ文学研究において、とくにアウエルバッハ認識における先覚者ロイ・ハーヴェイ・ピアースに啓発されたハーヴァード大学教授サクヴァン・バーコヴィッチの一九七五年の画期的著作『アメリカ的自我のピューリタン的起源』に批判的に応用されたことは、すでに常識に属するだろう。十七世紀ピューリタン植民地時代から二十世紀パクス・アメリカーナ時代に至るまで、アメリカがいかに神の摂理によって与えられた賜物であるか、白人アングロサクソン・プロテスタント（WASP）が北米大陸を東海岸から西海岸まで支配するという「明白な天命《マニフェスト・デスティニー》」がいかに正当なものであったかを傍証するのに、予型論の与えるリアリティ、すなわち比喩形象に宿ったロゴスが歴史上で出来事となり成就していくという構図の理論化ほど待ち望まれた仕事はなかったはずである。ミメーシスが言語と対象の関係の背後に預言的比喩形象とその歴史的成就の弁証法を孕んでいたことは、のちに脱構築派とも親しい西海岸フーコー学派の重鎮ヘイドン・ホワイトが文字どおり『比喩形象リアリズム——ミメーシス効果の研究』（一九九九年）と題する著書のアウエルバッハ論でも確認することになるが、ここで興味深いのは、アウエルバッハのモダニズム的歴史主義が十九世紀的歴史主義とは大きく隔たっており、時に歴史の否定すら孕みつつも、結果的には「モダニストでありながら歴史主義者でもあることは依然可能だ」（九八頁）とするホワイトの論旨が、あたかもかつてド・マンがニーチェの影のもとに発表した「文学史と文学のモダニティ」（一九六九年執筆）において歴史とモダニティの「解決不可能なパラドックス」を批判的に発展させようとした身振りを彷彿とさせることだ（『盲目と洞察』所収）。かつてホワイトは名著『メタヒストリー』（一九七七年）において歴史を隠喩と換喩、代喩、皮肉によって成り立つとする修辞学的なメタ歴史理論を樹立しただけに、『比喩形象リアリズム』の第七章のプルースト論で比喩形象の自己脱臼効果「脱修辞化《ディスフィギュレーション》」を検証するド・マン的な方法論を援用したのは必然なのである（一四三頁）。

だが、そのようなミメーシス効果の批判的発展のさなかで、アウエルバッハやバーコヴィッチが保持していたロゴスがニーチェの正嫡ド・マンのなかで脱臼されていったことも、むしろ脱修辞化効果のひとつとして明記しておかねばならない。そして、前掲イエーツの「学童に混じりて」が新たな意義を帯びるのも、その文脈においてなのである。というのも、同作品末尾を飾る脱構築には絶好の詩行「踊り子と踊りをどうして切り離しえようか?」は、じつはド・マンがアメリカ亡命してきた当時、北米ジャーナリズムにおける文芸評論の首領格であり、ニューヨーク知識人の集う〈パーティザン・レビュー〉誌の看板でもあったエドマンド・ウィルソンが象徴主義文学論『アクセルの城』（一九三一年）で老詩人の視点による「もののみごとに掌握され不滅化された人生の一瞬」（a moment of human life, masterfully seized and made permanent）に注目しつつ論じ（チャールズ・スクリブナーズ版六三頁）、続いてド・マンとまったく同い年でありながら文学批評の流派としては一時代前の新批評系統に属するイギリスのフランク・カーモードが象徴主義的批評の白眉『ロマン派のイメージ』(一九五七年)でロマン派的伝統特有の芸術有機体説(art as organicism)の達成として分析したテクストなのだから(ラウトリッジ版一〇九頁)。そして、こうした先行する解釈はいずれも慣習に従い「踊り子と踊りをどうして切り離しえようか?」を修辞疑問としてのみ解釈し、そこに踊り子と踊りが溶け合った典型的な超越的瞬間を見出すことで一致していた。

しかしド・マンは、まさにこのようにロマンティシズムと象徴主義とを当然のように結びつける伝統的解釈自体に異を唱える。ミメーシス効果は言語と対象、比喩形象と成就の関係を聖書的預言と歴史的達成の弁証法との関連で捉えたが、ド・マンは修辞疑問とばかり慣用的に解釈されてきた「踊り子と踊りをどうして切り離しえようか?」なる一文には字義どおり、すなわち文法どおりの素朴な疑問文として意味をもつ可能性がまだ残っていることを決して捨象しない。六〇歳になった詩人の主体からしてみれば、これは文字どおり視力の問題かもしれないのだから。かくして字義と比喩、文法と修辞、素朴な疑問文と修辞疑問文とのあいだはさほど単純に区分しえないのではないか、とド・マンは根本から問い直す。言い換えれば、このイエーツの詩行のうちに、ド・マンは「疑問文と修辞疑問文をどうして切り離しえようか?」というメタ疑問文の可能性を読み取るのだ。その結果、ミメーシス的弁証法の基礎を挫かれた読みは、ロマン主義的イメージが保証する超時空的法悦境に浮かぶシンボルではなく、時間性の支配する荒れ果てた廃墟のまっただなかに放り出された断片的アレゴリーによって脱構築される。何らかの超越論的な意味や意図が先行して言語が操られるのではなく、まったく逆に、言語という物自体が先行して比喩形象や抽象概念と化し、時に荒野に住まう魑魅魍魎の姿を採り不穏な面持ちで蔓延していくゴシック・ロマンスめいたドラマを、ド・マンほど生き生きと描き出した批評家はいない。そうした認識を対独協力者としての前歴を持つベルギー人ド・マンがアメリカ海軍暗号解読班だったスティーヴン・パリッシュと共有していたとすれば、そこには戦勝国と敗戦国とを問わず、戦後のトラウマのうちでのみ持続した廃墟風景のジグソーパズルが、一見したところまったく異なる次元において、しかし深層においては本質的に一貫した問題系において広がるだろう。

戦争がなければ存在論世界における致命的にして惨憺たる廃墟はありえないが、しかしまさにその廃墟から出発しなければ戦後、アウエルバッハを経由した限りなく暗号学に近い修辞学世界における奇々怪々なる、にもかかわらずド・マン自身の戦後生命を刷新する潜在的可能性を秘めた廃墟はありえない。ポーの描く大臣は王妃の手紙を盗み、ルソーの描く自画像は侍女のためにリボンを盗んだが、ド・マンはすべてが終わったあとの廃墟をそこに棲む魑魅魍魎ごと批評テクストという異次元へと盗み出し、その動機をまんまと隠しおおせるのに成功した。修辞学への回帰は字義的にはギリシャ・ローマ起源への回帰だったはずだが、ド・マンはそこをめざすやいなや、それら古典の最大の体現者たるアウエルバッハの亡命へ引き戻され、その廃墟からの再出発を無限反復せざるをえない。この逆説のうちに、わたしたちはポール・ド・マン自身が生き延びるため甘受したシーシュポスの神話を再確認するのである。

〈参考文献〉

Auerbach, Erich. *Mimesis: The Representation of Reality in Western Literature*. 1953. Trans. Willard R. Trask. Introd. Edward W. Said. Princeton: Princeton UP, 2003.　篠田一士・川村二郎訳『ミメーシス』(筑摩書房、一九六七年、一九九四年)

Brock, Bernard L, ed. *Kenneth Burke and the 21st Century*. Albany: SUNY P, 1999.

Campbell, Colin. "The Tyranny of the Yale Critics." *The New York Times Magazine* (February 9, 1986): 20-48.

Chase, Cynthia. *Decomposing Figures: Rhetorical Readings in the Romantic Tradition*. Baltimore: Johns Hopkins UP, 1986,

De Man, Paul. *Blindness and Insight: Essays in the Rhetoric of Contemporary Criticism*. 1971. 2nd. ed. Ed. Wlad Godzich. Minneapolis: U of Minnesota P, 1983.　宮崎裕助・木内久美子訳『盲目と洞察』(月曜社、二〇一二年)

__________. *Allegories of Reading; Figural Language in Rousseau, Nietzsche, Rilke and Proust*. New Haven: Yale UP, 1979.　土田知則訳『読むことのアレゴリー』(岩波書店、二〇一二年)

__________. *The Rhetoric of Romanticism*. New York: Columbia UP, 1984.　山形和美・岩坪友子訳『ロマン主義のレトリック』(法政大学出版局、一九九八年)

__________. *The Resistance to Theory*. Ed. Wlad Godzich. Minneapolis: U of Minnesota P, 1986.　大河内昌・富山太佳夫訳『理論への抵抗』(国文社、一九九二年)

__________. *Critical Writings 1953-1978*. Ed. Lindsay Waters. Minneapolis: U of Minnesota P, 1989.

__________. *Romanticism and Contemporary Criticism: The Gauss Seminar and Other Papers*. Ed. E.S. Burt, Kevin Newmark, and Andrzej Warminski. Baltimore: Johns Hopkins UP, 1993.

__________. *Aesthetic Ideology*. Ed. Andrzej Warminski. Minneapolis: U of Minnesota P, 1996.　上野茂利訳『美学イデオ

ロギー』（平凡社、二〇〇五年）

———. *The Post-Romantic Predicament*. Ed. Martin McQuillan. Edinburgh: Edinburgh UP, 2012.

Derrida, Jacques. "The Princeple of Reason: The University in the Eyes of Its Pupils." 1983. Tr. Catherine Porter and Edward P. Morris. In *Contemporary Literary Criticism: Literary and Cultural Studies*. 4th Ed. Ed. Robert Con Davis and Ronald Schleifer. New York: Longman, 1998. 344-363.

Federman, Raymond. "Federman on Federman: Lie or Die" [Fiction as Autobiography / Autobiography as Fiction]. MS. 1998.

Felman, Shoshana and Dori Laub, M.D. *Testimony: Crises of Witnessing in Literature, Psychoanalysis, and History*. New York: Routledge, 1992.

Garber, Marjorie. *Symptoms of Culture*. New York: Routledge, 1998.

Henderson, Greig. "Dramatism and Deconstruction: Burke, de Man, and the Rhetorical Motive." In Brock, 151-165.

Kermode, Frank. *The Romantic Image*. 1957. London: Routledge, 2002. 菅沼慶一・真田時蔵訳『ロマン派のイメージ』（金星堂、一九八二年）

———. *Essays on Fiction 1971-82*. London: Routledge, 1983.

Konuk, Kadar, *East West Mimesis: Auerbach in Turkey*. Stanford: Stanford UP, 2010.

Lehman, David. *Signs of the Times: Deconstruction and the Fall of Paul de Man*. New York: Poseidon, 1991.

McQuillan, Martin. *The Political Archive of Paul de Man: Property, Sovereignty, and the Theotropic*. Edinburgh: Edinburgh UP, 2012.

Mizumura, Minae. "Renunciation." *Yale French Studies* 69 (1985): 81-97. 「リナンシエイション（拒絶）」として水村美苗『日本語で書くということ』（筑摩書房、二〇〇九年）収録

Parker, Reeve. "Stephen Parrish, 1922-2012: Scholar, Editor, Code-Breaker." *English at Cornell: a Newsletter from the De-*

partment of English 16 (Winter 2013):11.

Redfield, Marc, ed. *Legacies of Paul de Man*. New York: Fordham UP, 2007.

Waters, Lindsay and Wlad Godzich, eds. *Reading de Man Reading*. Minneapolis: U of Minnesota P, 1989.

White, Hayden. *Figural Realism: Studies in the Mimesis Effect*. Baltimore: Johns Hopkins UP, 1999.

Wilson, Edmund. *Axel's Castle: A Study in Imaginative Literature of 1870-1930*. 1931. New York: Charles Scribner's Sons: 2007. 土岐二郎訳『アクセルの城』(筑摩書房、二〇〇〇年)

河野文朗「ホーソーンと毒薬」、研究社〈英語青年〉一九八五年六月号(第131巻第3号)

ルドルフ・キッペンハーン『暗号攻防史』赤根洋子訳(原著一九九七年、文春文庫、二〇〇一年)

土田知則『ポール・ド・マン——言語の不可能性、倫理の可能性』(岩波書店、二〇一二年)

宮崎裕助『判断と崇高——カント美学のポリティクス』(知泉書館、二〇〇九年)

吉田一彦『暗号戦争』(原著一九九八年、日経ビジネス人文庫、二〇〇二年)

第二部　水門直下の脱構築

――ポー、ド・マン、ホフスタッター――

第一章　陰謀理論から反知性主義へ

ひとつの巨大な国家が絶頂をきわめた瞬間、ひとつの巨大な鏡球が炸裂する。

一九六三年十一月二十二日のテキサス州ダラスで、第三五代アメリカ大統領ジョン・F・ケネディが暗殺された瞬間が、それだ。以降一九七三年一月二十七日、フランスはパリにてヴェトナム戦争終結を約す和平協定が結ばれる瞬間までの十年間に、アメリカ合衆国は坂道を一気に転がり落ちた。

そもそも米ソ冷戦時代にケネディの発したメッセージこそ全体主義・共産主義勢力の非合理を自由主義・合理主義勢力によって克服しようとするものであり、そうした姿勢がTV黎明期のメディア社会を浸透した結果、六〇年代アメリカ全体がケネディと喜怒哀楽をともにするようになった。ケネディが笑えばアメリカ国民全体が笑い、ケネディが悲しめばアメリカ国民全体が悲しむと言われたパクス・アメリカーナの、これこそ鏡像段階的絶頂期と呼んでよい。だからこそ、一九六二年のキューバ・ミサイル危機をみごと乗り切ったにもかかわらず六三年に勃発したケネディ暗殺は、アメリカ国民と大統領とのあいだに築かれた確固たる信頼関係の鏡球が、一瞬にして炸裂した瞬間に等しい。かくして以後の十年間は国民的な猜疑心や陰謀理論がはびこり文字どおりエントロピーが増大し続ける期間と化し、その最大のピークこそは、前年一九七二年から引き続くニクソン大統領による敵陣・民主党本部の盗聴をもくろむウォーターゲート疑獄の紛糾、ヴェトナム戦争終結そしてオイル・ショックという三点セットの衝撃に見舞われた一九七三年であった。

アメリカ前衛作家レイモンド・フェダマンが構想した右のシナリオは、いまも強力な説得力をもつ。というのも、ケネディ暗殺で記憶される一九六三年十一月といえば、当時最大の主導的歴史家リチャード・ホフスタッターが六〇年代全体の予言書とも言うべき『アメリカ政治におけるパラノイド・スタイル』(一九六五年刊行)の原型論文をオックスフォード大学講演草稿として書き下ろし、十八世紀はバイエルンの秘密結社イルミナチ以来の系譜から辿って、パラノイド極右が陰謀論と歴史を取り違えやすい心性史を明らかにした年だが、その二年後の六五年には、彼は以後に名著の栄冠を獲得することになる『アメリカの反知性主義』を出版し、軍事的英雄信仰に象徴される反知性主義への反省から知識人ケネディを選んだはずのアメリカ合衆国が以後どうなっていくのかを、ピューリタン植民地時代以来の精神史をふりかえることで検証するとともに、まさしく七三年に渦中の人となり反知性主義を再燃させるニクソン大統領の運命をも予見していたからだ。時にホフスタッター四九歳。一九一六年生まれの彼は七〇年には亡くなってしまうので、ニクソンに起因するウォーターゲート疑獄もヴェトナム敗戦もオイル・ショックも目撃することはなかったが、にもかかわらず、『アメリカの反知性主義』はそうした将来を鋭利に洞察するだけのじゅうぶんな射程を備えていた。歴史家の想像力が充実し切った瞬間には、過去の徹底的検証のみならず未来への透徹した洞察においても絶大な成果を残すことの、これは証左である。

ホフスタッターによれば、もともと反知性主義の代表といえば第二次世界大戦、とりわけノルマンディー上陸作戦で多大な戦果を挙げたドワイト・アイゼンハワー第三四代大統領であり、彼は知識人を指して「知っている以上のことを言おうとして必要以上の言葉をだらだらまくしたてる人種」と罵倒したことでも有名だ。アイゼンハワー政権は概して知識人をあからさまに軽蔑し、無教養丸出しの決まり文句をまくしたてるニクソンを副大統領にしたことで反共マッカーシイズムの醜悪なイメージが加わったが、それでも大衆は一九五二年の選挙において、知的な民主党大統領候補アドレイ・スティーヴンソンよりも軍事的業績を誇る共和党大統領候補アイゼンハワーの方を選んだのである(『アメリカの反知性主義』第三部第八章)。とはいえ、アイゼンハワーは自身の政権に反論する知識人に苛立ちつつも、専門家を戦略的に利用し、御用学者を活用した。決定的だったのは一九五七年のスプートニク打ち上げによりソ連に宇宙開発競争で先を越されたときで、アイゼンハワーは以後、懸命に教育改革に精を出す。はたして彼の後継者として国民が選んだのはハーヴァード大学出身の知性派ケネディ第三五代大統領であった。腕力ばかりではなく知力もなければ米ソ冷戦を生き残ることはできないという実感が、この選択そのものにこもっていよう。

してみると六三年、ケネディ暗殺後に陰謀論渦巻くパラノイドの時代が勃興し、そのあげくケネディに敗れた反ケネディ派代表ニクソンが反知性主義的ポーズを取るようになったのは、理の当然というほかない。以後のポストモダニズム文学思想史はパラノイド・スタイルをキーワードに据え断片的にして実験的なものへ、対抗文化的なものへと変容していく。ホフスタッターの言うパラノイドは、あたかも美術史におけるバロックやマニエリスムと同様の「スタイル」なのであり、被害妄想が中核を占め、壮大なる陰謀理論によって体系化される。彼の定義を引こう。「パラノイア患者が自らの暮らす世界を敵意と陰謀に満ちたもの、それらがすべて自分自身に刃を突きつけているものと見なすいっぽう、パラノイド・スタイルの代弁者はそうした敵意と陰謀のひしめく世界は、個人のみならず無数の民衆の運命を左右する国家や文化、生き方そのものを感化するものと考える」(『アメリカ政治におけるパラノイド・スタイル』四頁)。米ソ冷戦を前提にケネディが表象したパクス・アメリカーナ特有の一体感が粉砕されたのち、アメリカ合衆国は無数の差異の海へ飛び込んだのである。だが、ひとつの国家の危機が募れば募るほど、国民文化のさなかよりメタレベルにおける表現活動が充実をきわめていく歩みもまた、疑いえない。それは、ニクソン自身がケネディに敗れ去ったあと、そのパラノイアによって起死回生を遂げつつ国家を危機に陥れていった歩みが、まさにそうした時代を描く才能ある作家たちのパラノイド・スタイルを保証した歴史とまったく矛盾しない。

　一九六三年から七三年へ至る十年間。それはヴェトナム戦争の泥沼化とともに、ケネディのみならず黒人公民権運動の指導者マーティン・ルーサー・キング牧師やマルコムXらも次々に暗殺された惨憺たる十年間であったが、しかしアメリカ文学に眼を転じるならば、カート・ヴォネガットやトマス・ピンチョン、ジョン・バース、フィリップ・K・ディック、アーシュラ・K・ル＝グウィン、サミュエル・ディレイニーらが豊饒なメタ文学的想像力を発揮したポストモダン文学の円熟期にも相当する。そしてそれはとりもなおさず、フランス系哲学者ジャック・デリダの脱構築思想《ディコンストラクショニズム》が一九六六年のジョンズ・ホプキンズ大学における構造主義会議をきっかけにアメリカに移植され、そのとき以来彼の盟友となるイエール大学教授ポール・ド・マンの手でアメリカ文学批評史に確固たる地位を占めて行く時期に相当する。六〇年代まで支配的だったモダニズム的にして新批評的な文学批評が、七〇年代以降ポストモダニズム的にして脱構築的になっていく予兆が、ここにある。もともと北アフリカはアルジェリア出身のデリダと戦時中に反ユダヤ主義を匂わせる対独協力者的文章を発表していたベルギー人ド・マンという、一見したところまったく交わりそうもない人生を歩んできた二人が、アメリカ合衆国という地を得てヨーロッパを支えてきたロゴス中心主義、転じては全体性神話を批判せざるをえない動機において手を結んだのは、はなはだ興味深い。

そうした知的脈絡において、ド・マンは一九七一年の第一著書『盲目と洞察』に続き、一九七九年には脱構築批評の代名詞となる第二著書『読むことのアレゴリー』を刊行する。本稿が焦点を絞るのは、まさに同書の草稿が執筆されていた時期というのが、先に述べたパクス・アメリカーナ崩壊のピークにぴったり相当するという事実である。

マーティン・マックィランも指摘するように、一九七三年から七四年のあいだ、すなわちウォーターゲート疑獄でニクソン大統領が失脚していくまでの二年間は、ド・マンがスイスはチューリヒにて『読むことのアレゴリー』の原型のひとつ『テクストのアレゴリー』を執筆していた時期と合致する。『テクストのアレゴリー』は『読むことのアレゴリー』の無意識として機能しているといってよい。とりわけ、『テクストのアレゴリー』最後の二章が表題作「テクストのアレゴリー」とニーチェ論だったのに対し、『読むことのアレゴリー』における最終章には、ド・マンが当初「盗まれたリボン」のタイトルで雑誌発表したルソー『告白』論が収まり、そこでは 明らかに七三年から七四年にかけてのアメリカ政治学を睨んだうえで、ド・マン的脱構築の真骨頂とも呼べる理論が展開されている。ウォーターゲート疑獄でピークをきわめる時代をポストモダニズム批評の重要な転回点として見直す作業は、今日における修辞的批評の可能性および不可能性を再検討する意味でも不可欠なのである。

では、具体的にこうした同時代的文脈がいかに脱構築批評の形成に関わるのか。

たとえば、フランス革命を引き起こしたともいわれるあまりにも有名な発言「パンがないならケーキを食べればいいじゃない」。王妃マリー・アントワネットの言葉と噂されることも多く、ソフィア・コッポラ監督のロックンロール・スピリットあふれる映画『マリー・アントワネット』(二〇〇六年)でも彼女自身の発話したものとして導入されてはいるものの、じつはこの発言は、デリダとド・マンが愛してやまぬ啓蒙主義思想家ジャン・ジャック・ルソーの捏造になるものであった。苦闘する人民が「パンがない」と叫ぶのに対して言い返したとおぼしき発言自体は、換喩でしかない「パン」を字義的に読み込んだがために一定のスピーチアクトたりえてしまったという脱修辞化作用の一例として、あまりにも興味深い。

だが、いったいなぜルソーがそんな発言を捏造したかといういきさつを探るなら、興味はさらに深まるだろう。というのも、ここでいう「ケーキ」はじつのところ「ブリオッシュ」であり、ルソーは盗んだワインを楽しむのにふつうのパン屋へ行くには洒落た服装をまとっていたがため、ブリオッシュを買うことにし、そのさい言い訳をひねりだすために「さる高貴なる王妃」の発言として「パンがないならブリオッシュを食べればいいじゃない」という名言を記したのである。つまり、ここで肝心なのは、「パンがないならブリオッシュを食べればいいじゃない」という脱修辞的なスピーチアクトが成立する背後には、ルソーがいささか後ろめたい自らの行為を正当化するのに、さる高貴なる王妃へ責任をなすりつけたというところにある。そして、その高貴なる王妃とは、マリー・アントワネットよりも百年ほどもさかのぼる、マリー・テレーズであったと言われている。

このエピソードを聞けば、ド・マンの読者が必然的に思い出すのは、若き日のルソーが奉公していた家で、女中マリオンに恋するがあまりリボンを盗み、その罪が発覚するとリボンの盗みそのものを女中マリオン自身になすりつけた事件だ。盗むことと責任転嫁はワンセットになっているのである。

ポール・ド・マンが惹かれたのが、まさしくこのように責任主体のズレていくメカニズムにあるのは、たしかなことであろう。そう考えるとき、わたしがかねがね不思議に思っていたのは、いったいド・マンはどうして表面上、ジャック・ラカンとデリダが繰り広げた、十九世紀アメリカ・ロマン派作家エドガー・アラン・ポーの「盗まれた手紙」"The Purloined Letter"をめぐる論争に介入しなかったのか、ということだ。『読むことのアレゴリー』最終章である第十二章「言い訳」が七六年のコーネル大学講演時、および七七年の学術雑誌〈グリフ〉発表時には「盗まれたリボン」"The Purloined Ribbon"と題されていたことは、広く知られている。そのタイトルからして、彼の念頭にはラカンとデリダの論争があったのは疑いえない。

だが、そのほかにもド・マンは、デリダの「白い神話学」に対して自身の「メタファーの認識論」をぶつけるなど、表立っては論敵を名指しはせずとも、一種の疑似論争を数多くこなしてきた。となれば、この原題「盗まれたリボン」と題する批評テクストも、ラカンとデリダの言説へまったく思いもよらぬ方向から攻撃を仕掛け介入しようとする論争的テクストとして読み直すことができるのではあるまいか。だとすれば、それは、同時代アメリカの動きといかに連動するものだったろうか。

第二章　「盗まれた手紙」論争再考

ポーの創造した名探偵オーギュスト・デュパンの活躍するシリーズは、文学史上記念すべき探偵小説第一作として燦然と名を残す「モルグ街の殺人」（一八四一年）を皮切りに第二作「マリー・ロジェの謎」（一八四二—四三年）へと続き、そして第三作にしてシリーズ中最高傑作と言われる「盗まれた手紙」（一八四四年、初出〈ギフト〉一八四五年版［一八四四年九月刊行］）で幕をおろす。

「モルグ街の殺人」では真犯人に究極の謎が秘められていた一方、「盗まれた手紙」では最初から真犯人は明らかであり、たんに手紙の隠し場所だけが問題になっているように見える。さるやんごとなきお方、すなわちフランスの王妃が決して周囲には感づかれてはならない手紙を、あろうことか大臣のひとりに盗まれてしまい、窮地に陥ったところを、警視総監の命を受けた名探偵デュパンが、当の手紙を人々の盲点になっている場所——すなわち、ふだんみんながあまりにも日常的に目にしているがために盲点となり、まさかそこに隠匿したとはかえって気づかなかった場所——からまんまと取り返し、さらには犯人である大臣を侮辱するような仕掛けをも施してみせる……。

わたし自身が幼き日に少年少女向け世界文学全集版でこの作品を初めて読んだときの第一印象では、「盗まれた手紙」というタイトルにもかかわらず手紙の中身がまったく明らかにならないまま、遺失物の正しい探し方だけを指南するような、いとも不可思議な小説のように受け止めたものだった。今日では、手紙の内容は王妃の禁断の恋愛をめぐるものと推測されているが、さらにそこから浮上するのは、公僕としての警視総監を小馬鹿にしつつ、その裏をかく天才的な私立探偵の反骨精神であり、犯人の知性に探偵が自身の知性を重ね合わせるという絶妙なる推理の方法論である。ではそれは、いかにして行なわれるのか。あまりにも有名になったデュパンの例証を、いまいちど見てみよう。

「警視総監が持ち合わせているような高度に知的な才能というのは、ギリシャ神話でいうプロクルーステースの寝床と同じで、自分の都合をむりやり押しつける杓子定規なものなんだな。この手の人物は、せっかくの重大事件を相手にしていても、深読みしすぎたり浅はかすぎたりして、間違えるのが常だ。推理能力という点では、たいていの学童のほうが警視総監よりもはるかに優れているよ。ぼくが知っていた子供はたった八歳だけど、「丁か半か」(even and odd)のゲームでは外したことがなくて、広く賞賛されたものさ。このゲームは単純でね、おはじきで勝負するんだ。ゲームの参戦者は片手におはじきをたくさん持って、対戦者に持っている数が偶数(丁)か奇数(半)かを訊ねる。もしそのときの推測が当たっていれば、当てた人間は勝ちだ。間違っていたら負け。いま紹介した少年はね、けっきょく学校中のおはじきをせしめてしまった。(中略)

この少年には具体的に、いったいどうやって相手との完璧な知的同一化を図って手の内を当てたのか、訊ねてみたんだよ。するとたちまち、こんな答えが戻ってきた。『相手がどれだけ賢いのかそれとも馬鹿なのか、はたまた善良なのか邪悪なのか、賭けの最中に何を考えているのかを知りたいと思ったら、ひとまず相手の顔の表情とそっくり同じに自分の顔の表情を作ってみて、あとはひたすら待つんだよ――自分の頭や心のうちに、あたかもそんな表情にふさわしいかたちで、いったいどんな思考や情緒が浮かんでくるのか、その瞬間を』」。

ここでデュパンの名前は"Dupin"と綴るいっぽう、大臣の名前もD某"D―"となっている点には、探偵と犯人がまさに精神的な分身関係《ダブル》(DはDoubleないしDoppelgängerのDかもしれない)、さらには転移関係を結ばざるをえない構造がほのめかされているのに気づくだろう。かくして、犯人の精神を巧みに反復した探偵は手紙をニセの手紙にすり替え、まんまと相手を出し抜く。そもそも名探偵デュパンとこの大臣とのあいだには以前から因縁の確執があり、作品末尾でも明かされるとおりだ――「D某はね、いちどヴェニスでぼくにひどい仕打ちをしたことがあるんだ」。ミステリ史上、盲点原理を導入したまぎれもない傑作であるとともに、復讐物語としての隠し味まで仕込まれているのだから、何とも凝りに凝っている。

いったいポーはいかにしてこの物語を思いついたのだろうか。

その起源をたどると、これも面白いことに、わたしがやはり少年少女向け世界文学全集版で愛読していた十九世紀フランスのベストセラー作家・アレクサンドル・デュマ(大デュマ)の名作にして、ポーの「盗まれた手紙」の同年に――しかもほんの少し先行して――発表された『三銃士』(一八四四年)に行き当たる。歴史的背景を抜きにしても、若武者ダルタニャンがその実力ひとつでたちまち大人のアトス、アラミス、ポルトスの仲間入りし、国家のために快刀乱麻を断っていくのがあまりにもすがすがしく、三銃士ならぬ四銃士の活躍に声援を送ったものである。だから二十一世紀に入り、『バイオハザード』でも知られるポール・W・S・アンダーソン監督が、かのレオナルド・ダ・ヴィンチが残したという設計図をもとに軍事飛行船が飛び交い手に汗握る空中戦をくりひろげるスチームパンク版再解釈『三銃士／王妃の首飾りとダ・ヴィンチの飛行船』(二〇一一年)を完成したとなれば、いかに原作改竄と歴史改変が施された想像力の産物といっても、デュマのエンタテインメント精神をしっかり継承しているのがわかるだけに、楽しいこと限りない。主役のダルタニャンに期待の若手ローガン・ラーマンを据え、天才的な二重スパイたる稀代の悪女ミレディに当代随一の美女ミラ・ジョヴォヴィッチ、イギリスを代表する危険人物バッキンガム公爵を珍しい悪役でイメージチェンジを図ったオーランド・ブルームが演じるという配役に加え、何と言っても、悪の司祭リシュリュー枢機卿を知的な悪役を演じさせたら天下一品のクリストファー・ヴァルツが演じているのだから。

この大デュマの『三銃士』こそは、ポーが「盗まれた手紙」執筆上のヒントにした雛形ではなかったろうか。というのも、同作品でキーパースンを演じるのが、やんごとなき地位の貴婦人にして、一六一五年、弱冠十四歳のフランス国王ルイ十三世と結婚した同年のアンヌ・ドートリッシュであるからだ。スペインはハプスブルグ家出身のこの王妃アンヌはイギリスのバッキンガム公と不倫の関係にあり、それに目をつけたリシュリュー枢機卿が自分の権力拡大に利用しようとするという展開は、明らかにポーの物語でいうやんごとなき貴婦人と悪徳大臣の関係に反映されている。国王からほぼ全権を委任されたリシュリューの外交政策の基軸はフランスを両面から包囲するハプスブルク家との対抗であったから、これが王妃の実家である限り、アンヌとは不和に陥らざるをえない。しかもアンヌは十六年間も世継ぎをもうけることができぬままに、一六二四年頃にイングランド王チャールズ一世の寵臣であるバッキンガム公ジョージ・ヴィリアーズとの不倫へ陥ったとされている。当時のイギリス国教会はスペインに代表されるカトリックへの対抗意識を強めていたから、これは国家間を危機に陥れる意味でも道ならぬ恋愛であった。その過程で、王妃がバッキンガム公の懇願に応じ、愛の証として贈ったダイヤの胸飾りがリシュリューのスパイに盗まれるという事件が起こる。デュマの『三銃士』ではリシュリュー枢機卿が美貌の女スパイ・ミレディへこんな指令を送る。

「バッキンガム公爵の出席される最初の舞踏会に出ること。公爵は胴着に十二個のダイヤモンドより成る飾緒をつけているはずだ。近づいてそのうちの二個を切り取られたし」（鈴木力衛訳『友を選ばば三銃士』第四章［初版講談社、復刊ドットコム二〇一一年］）。

『三銃士』には冒頭に登場するダルタニャンの紹介状が盗まれるのを皮切りにおびただしい手紙とその盗難ないし傍受が描かれるが、外交関係をゆるがす盗難としてはこのダイヤにとどめをさす。そして、まさにこのスキャンダルを解決すべく三銃士が密命を受け、この情報を得たバッキンガム公は港湾を封鎖させ、代わりにダイヤの精巧な模造品を王妃に送り返して、一件落着に至るのだ。ちなみに、これまでのおびただしい映画化のうちではジョージ・シドニー監督、ジーン・ケリー主演の『三銃士』（一九四八年）が最も有名だが、同作品がダルタニャンのプレイボーイぶりを強調する出来であるのに対し、リチャード・レスター監督、マイケル・ヨークの『三銃士』（一九七三年）はアンヌ王妃とバッキンガム公爵の不倫にかなり踏み込み原作に最も忠実な陰謀物語の印象を残した。その公開がニクソン政権下、ヴェトナム戦争終結のまさにその年だったのは、決して偶然ではあるまい。

したがって、ポー作品における手紙の内容が禁断のラブレターであるのは、デュマ人気の当時の風潮にかんがみれば、とくに強調する必要はなかったのであろう。時系列的に正確を期すなら、たしかにデュマの『三銃士』発表が一八四四年三月から七月までの新聞〈世紀〉紙連載、ポーの「盗まれた手紙」が同年九月の年刊〈ギフト〉誌発表で、ともに王妃の不倫とその隠蔽を扱っているわけだから、たとえプロットの伝聞であったとしてもデュマが先、ポーが後にくる順序となり、影響関係は明らかだ。むろん、ポーの小説は十九世紀現在のパリを舞台にしているから、十七世紀のフランス王室とは直接にはつながらない。にもかかわらず、まさに大デュマの『三銃士』がそのころ最新の人気小説であったがために、ポーはそうしたアナクロニズムをも恐れず、まんまとエピソードを盗み取り、早々と名探偵デュパン三部作の最高傑作をものしたのだった。

のちにポスト構造主義の代表格として精神分析理論を展開するジャック・ラカンは一九五五年に発表した論考「『盗まれた手紙』についてのゼミナール」（『エクリ』一九六六年）の巻頭に収められた「『盗まれた手紙』についてのゼミナール」において、この短篇小説で交差する王妃と大臣、デュパンのまなざしに注目し、必ずしも小説中には明確に書き込まれていない手紙盗難事件とデュパンによる手紙奪還戦略の風景を再構築してみせたが、そのときラカンの念頭にあったのも大デュマの『三銃士』に限りなく近いイメージであったはずである。以後、ラカンともうひとりのポスト構造主義思想家ジャック・デリダの論争（「真実の配達人」、草稿は一九七一年、発表は一九七五年）を、アメリカはイエール学派の才媛バーバラ・ジョンソンが名論文「準拠枠──ポー、ラカン、デリダ」（一九七七年）において総括していく経緯で明らかにしたのは、「盗まれた手紙」が関心を抱いているのが手紙の中身すなわち記号内容《シニフィエ》ではなく手紙という型式すなわち記号表現《シニフィアン》がいかに運動していくか、ひいては手紙《レター》すなわち文字《レター》がいかに物語の構造上で結節点をなしており、いかにそうした構造を反復すれば手紙を取り戻せるかという一点だということに尽きる。どこを探せばよいか、ではなく、いかに探せばよいか──それがこの作品の要点なのである。かくしてデュパンは、大臣が数学者にして詩人でもあるという二つの顔を最大限考慮して、自らの知性を重ね合わせるという作戦に出たのだ。

「ぼくが言いたいのは（中略）もしも大臣が数学者でしかなかったとしたら、警視総監がぼくにこの小切手をよこす必要もなかったろうということなんだ。ぼくの知っているあいつは数学者であり詩人でもあるんだよ。だから今回の方法論では、大臣を取り巻く環境に留意しつつ、彼の能力をまず推し量った。（中略）奴が夜中になるとしょっちゅう家を空けたのは、警視総監の側からすれば捜査遂行のうえで好都合このうえなかったろうが、ぼくからすれば、それもまた警察に徹底捜査の機会を与えようとする大臣側の策略だったんじゃないかな──だってそうすればそうするだけ早く、例の手紙がこの建物の中には存在しないってことをG某警視総監に確信させることができるわけだし、げんに彼はそう確信してたじゃないか。さらに思うのはね、いまぼくがずいぶん苦労して説明したような思考展開こそは、隠匿物の捜査をするさいの警察の変わり映えしない原理にまつわるものだということ──さらにいうなら、こうした思考展開を、当の大臣の知性だったら、あらかじめまるまる飲み込んでいたにちがいないということなんだ。だからこそ奴は、いわゆるありがちな隠し場所をぜんぶ外してかかったんだと思う」（傍点引用者）

この「建物」(the premises) には捜査の「前提」(the premises) の意も含まれていることに留意しよう。そして、物語は結末に至り、あらかじめデュパンがこの大臣によって「いちどヴェニスでひどい仕打ちをされたことがある」ことを明かし、彼がたんに依頼人の要求に応えるのみならず、犯人への復讐の機会を狙っていた魂胆を露呈させるのだ。

「……今回の事件で、ぼくは被害者の貴婦人の同志としてふるまったのさ。かれこれ十八ヶ月ものあいだ、大臣は彼女を自分の支配下に置いてきている。こんどということは、彼女が大臣を支配下に置く番だ。奴はたぶん、もはやあの手紙が自分のところにはないことにも気づかずに、まだそれが担保になっているかのごとく、不当な要求を続けるだろうね。そうするやいなや、彼は政治家として破滅せざるをえない。その失脚はぶざまなほどの急転落だ。ここでローマの詩人ヴェルギリウスの叙事詩『アイネーイス』のなかで「黄泉の国へ降りていくのは簡単だ」という言葉があるのを思い出してもいい。しかしイタリアの歌手カタラニが歌について語っているように、ありとあらゆる登山のうちでも、山を下るよりは登るほうがはるかにやさしい。今回の事件の場合には、ぼくは奴が下降していくことには何の同情もしないし憐憫の情すら覚えないよ。奴はおぞましき怪物、厚顔無恥なる天才なんだ。しかしね、ここで正直に打ち明けておくが、ぼくがいま知りたくてたまらないのは、警視総監呼ぶところの『さるやんごとなきお方』にはねつけられたあいつが、ぼくが状差しに残した模造品の手紙を開けてみて、いったいどんな思いに駆られるかということだよ」

「どういうことだい？　その中に特別なものでも入れたのか？」

「ふふふ——手紙の中身をからっぽにしておくには忍びなかったんだよ——あいつを侮辱することになるじゃないか。D某という男はね、いちどヴェニスでぼくにひどい仕打ちをしたことがあるんだ。もちろんこのことをぼくは奴にあっけらかんと話したよ、絶対忘れやしないってね。だから、あいつが自分を出し抜く人物がいたらそいつがいったい誰なのか、知りたくなるのがわかっているだけに、手がかりひとつさえ与えないのは哀れだと思った。奴はぼくの筆跡をよく知っているから、真っ白な便箋の真ん中に、こんな言葉を書き写しておいたんだ。

「かくも恐るべき陰謀は、アトレウスにはあてはまらずとも、テュエステースにはふさわしい」

フランスの詩人クレビヨンの悲劇『アトレウスとテュエステース』(一七〇七年)からの引用だよ」。

この結末で初めて判明するとおり、「盗まれた手紙」が必ずしも推理小説ではなく復讐小説の意匠を秘めているのは、いったいなぜか。

もちろん大デュマの『三銃士』における恋の三角関係は、フランスの全権を握る枢機卿リシュリューとイギリスを掌中に収めるバッキンガム公爵が王妃アンヌを争った結果、彼女のダイヤを盗み出す謀略とともに盗み返す謀略をも練るものだったのだから、ひとつのヒントを提供したかもしれない。それを実感するきっかけになったであろう、ポー自身が幼き日の恋人の父親に自らのラブレターを文字どおり「盗まれた」という口惜しい経験、ひいてはシェイクスピア演劇専門の名女優であった自分の母親エリザベス・アーノルド・ポー自身が役者仲間のあいだで何らかの不倫疑惑にさらされ、そのあげく父親デイヴィッド・ポーは家族を棄て出奔したという、あまりにも辛い記憶が交差したのかもしれない。だが結果的には、それらのいずれの原因にも意味にも収束しないかたちで、ポーが手紙＝文字《レター》(letter)の記号的運動のみを特権化する小説を試みた偉業を、ここでは高く再評価したいと思う。かくして、十九世紀アメリカン・ルネッサンスの時代には、それはあまりにも早すぎる小説実験の試みであったものの、一九七〇年代前半、とりわけウォーターゲート疑獄の陰謀が解明されつつあったアメリカ合衆国においては、政治家のみならず文学理論家の興味をも強く惹きつけるテクストとして、しかもポーを読むラカンを読むデリダというかたちで、思わぬ復活を遂げるのである。

　そう考えるとき、デリダの盟友にして、ともにイエール学派を盛り上げアメリカ合衆国における脱構築批評を樹立したポール・ド・マンがルソーのうちにもうひとつの盗みのエピソードを見出し、デリダの「真実の配達人」（英訳一九七五年）の一年後に名論文「盗まれたリボン」をコーネル大学における講演草稿というかたちで書き上げることになったのは、とうてい偶然とは思われない。というのも、ルソー『告白』（第一部一七八二年、第二部一七八九年刊）の第二巻には、彼が若い頃奉公に出ていた貴族ヴェルセリス夫人の家で、美しい女中のマリオンに恋心を抱いたがためプレゼントしようと、ポンタル嬢の所有する「バラ色と銀色の、もう古くなった小さなリボン」を盗むのだが、その悪さが発覚するや否や、じつは女中のマリオン本人が盗んで自分にプレゼントしたことにしてしまったエピソード、すなわち自分の犯罪の責任を罪もない少女になすりつけたエピソードが含まれているのだから。恋心を抱く相手に対する、これは何とも奇妙で残虐な仕打ちであるが、しかしルソー本人も自らの非を認め、こう言い訳している。

そして、あの不幸な娘に罪を着せたとき、奇妙なことだが、彼女に対する好意が原因だったのは本当である。彼女のことが頭にあったので、最初に思いついた相手に罪を着せたのだ。
（ルソー『告白』第二巻［小林善彦訳、白水社、一九八六年］、〈ルソー選集〉上巻、一〇〇頁）。

この矛盾に満ちた行動について、ド・マンはこう分析する。

ルソーはマリオンに欲望を抱いているので、彼女のことで心がいっぱいになり、彼女の名前が――言い損ないや他者の言説の断片のように――ほとんど無意識的に口にされてしまう、というわけだ。だが、因果性の議論に隣接性に関わる語彙（「差し出された最初のもの／最初に思い浮かんだもの」）を持ち出すのは、印象的であると同時に分裂的である。というのも、この一文では、ルソーの欲望・利害とマリオンという特定の名前の選択が完全に分離できる形になっているからである。マリオンはまさに、たまたま最初に思い浮かんだものである。それ以外のどんな名前や言葉でも、どんな音声や雑音でもよかっただろう。つまり、マリオンという名前が口にされたのは、単なる偶然の結果にすぎない。彼女は、その後の交換・代替システムの中で担わされることになる役割と換喩的に結ばれた自由な記号表現《シニフィアン》なのだ。(『読むことのアレゴリー』〔イエール大学出版局、一九七九年〕第十二章、土田知則訳〔岩波書店、二〇一二年〕に準ずる)

ルソーの『告白』には、ほかにもルソーの盗癖がふんだんに盛り込まれている。その第六巻において紹介されているエピソードこそは、本論冒頭で解説したフランス革命をめぐる発言「パンがなければケーキを食べればいいじゃないの」の真相にほかならない。

ルソーはある日、自分の雇い主であるマブリ氏から失敬した「アルボワ産の、非常にいい葡萄酒」のツマミとしてパンが欲しかったのだが、たまたま見栄のする服装をしていたがためにブリオッシュを購入することを思いつき、そのための自己正当化の言い訳として「パンがなければケーキを食べればいいじゃないの」という発言を捏造し、固有名詞こそ明かさないが、その霊感源を前掲アンヌ・ドートリッシュの姪にあたりフランス国王ルイ十四世の妃となるマリー・テレサ(テレーズ)に求めたのだ。「腰に剣をつけた立派な紳士が、パン屋へパンを買いに行くなんて、できることだろうか? ついに私は、ある王女が「農民にはパンがありません」と言われて、困ったあげく「菓子パン《ブリオッシュ》を食べればいいわ」と答えたのを思い出した」(ルソー『告白』第六巻〔小林善彦訳、白水社、一九八六年〕、〈ルソー選集〉中巻、五五—五六頁)。

ルソーにとっては、自らの主人からワインを盗み、その酒のツマミとしてブリオッシュを購入し、自室にて「たったひとりで、ちびりちびりやる」のが至上の幸福だったのである。かくして、リボンを盗んだときにはマリオンという記号表現《シニフィアン》が先行して虚偽の誘惑行為を捏造し、彼女に罪をなすりつけたように、ルソーはここでもまた、ワインやパンという記号表現《シニフィアン》を優先して虚偽の歴史的発言を捏造し、その責任を高貴なる王妃マリー・テレーズに転嫁したのだ。

ド・マン自身はこのエピソードを分析してはいないが、にもかかわらずこれほどにド・マン的なテクストも存在しない。このエピソードを導入するなら、彼が自伝(autobiography)のことを「名誉毀損」であるとともに「脱修辞化」をも同時に意味する「ディフェイスメント」defacement の名で呼んだゆえんも、十二分に了解されよう。ド・マンにとって自伝とは面目を保つどころか、自らの面目をつぶす——文字どおり顔をつぶす——営為なのである。そして、マリー・テレーズから二代あとのルイ十六世が結婚する相手こそがマリー・アントワネットであり、彼女にこそ「パンがなければケーキを食べればいいじゃないの」なる発言の責任が帰せられ、ひとつの都市フォークロアとして一人歩きするようになってしまったのは、歴史の皮肉というほかない。

第二章　盗まれたテープ、盗まれたミサイル

それでは一九七〇年代、このようなルソーの「盗まれたリボン」のエピソードが、ポーの「盗まれた手紙」のテクストとともに再評価され特権化されたゆえんは、いったいどこにあるのか。

前述したとおり、一九六三年、第三五代アメリカ大統領ジョン・F・ケネディ大統領が暗殺されてから一九七三年、第三七代アメリカ大統領リチャード・ニクソンがウォーターゲート疑獄の疑惑に包まれつつヴェトナム敗戦を受け入れるまでの十年間こそは、政治における陰謀論探求《パラノイド・スタイル》から反知性主義《アンチ・インテレクチャリズム》復興への道筋が生まれる時代であった。

これを、ニクソンの渾名を借りて「トリッキー・ディック」の時代と呼んでもよい。

一九一三年、西海岸はロサンジェルス近郊のヨーバリンダに生まれたニクソンは、まず共和党における反共産主義の闘士として頭角をあらわす。一九五〇年に上院議員に当選するが、そのとき好敵手の女性下院議員ヘレン・ガヘイゲン・ダグラスが共産党シンパ、すなわち「アカ」であることを強調して追い落とすため「ピンク・レディー」"Pink Lady"と渾名するも、そのお返しに、ダグラス本人より「トリッキー・ディック」"Tricky Dick"つまり「策略家ニクソン」なる渾名をつけられてしまう。一九五二年の大統領選ではドワイト・アイゼンハワーの副大統領候補として登場、二期八年間を勤めあげた。じつはこのころより、金銭スキャンダルで叩かれるのだが、にもかかわらずニクソンは家族

ばかりか愛犬チェッカーの名前まで出す演説を行ない涙を流すという策略で、大方の同情を買う。これはのちに「チェッカーズ・スピーチ」として知られるようになり、いまでは小心者が往生際の悪い言い訳をすることの代名詞になっている。副大統領就任後の一九五九年、ソ連を訪問してフルシチョフにアメリカの台所用品を誇示するも罵倒され口論になった「台所論争」はあまりにも有名だ。ところが一九六〇年には民主党のケネディに惜敗し、六四年にもケネディを引き継いだリンドン・ジョンソンが共和党のバリー・ゴールドウォーターに大差をつけて当選したため、ニクソンは共和党自体の建て直しをはかるべく雌伏する。このゴールドウォーターが代表する極右勢力こそは、ホフスタッターが『アメリカ政治におけるパラノイド・スタイル』を書くきっかけになったことは、ここで強調しておこう。

そして一九六八年、とうとう共和党による政権奪回成ったニクソン勝利以後の展開については、多言を要しない。ヴェトナム戦争終結を公約しながら北爆を強化し、一九六九年にアメリカの偵察機が公海上で北朝鮮の戦闘機に撃墜されたときには、酒に酔った勢いで核兵器の使用も厭わぬという趣旨の発言をし、周囲をあわてさせている。一九七二年にはアメリカ大統領としては初めて訪中してヴェトナム戦争解決をもくろみ、じっさい一九七三年には戦争終結を見たが、にもかかわらず前年一九七二年の再選活動の折に民主党への盗聴を行なったことを明かす動かぬ証拠が提出されて、いわゆるウォーターゲート疑獄を引き起こし、一九七四年には大統領辞任に追い込まれてしまった。

ジョージ・ワシントン初代大統領が限りなく神に近い帝王として称えられ、独立革命の神話や伝説がさまざまに紡がれたのも、いまは昔。今日では大統領といえばスキャンダルがつきものなので、自身の再選を狙った盗聴疑惑ウォーターゲート疑獄の主役ニクソンですら、あまり目立たないかもしれない。しかし、北米を代表するマジック・リアリズム作家スティーヴ・エリクソンが一九九七年に発表したノンフィクション・ノヴェル風の作品『アメリカン・ノマド』では、前年一九九六年のクリントン大統領再選をめぐる深い思索のうちに、九〇年代アメリカの内部に無数の苦悩する混成主体、すなわちウィリアム・フォークナーの『八月の光』（一九三二年）において自らが白人か黒人かわからないという焦燥感を抱える犯罪者ジョー・クリスマスに酷似した人物がひしめいている現実が――元国務長官コーリン・パウエルから元フットボール選手O・J・シンプソンにおよぶ実例とともに――喝破される。

いまやアメリカはジョー・クリスマスの国なのだ。というのも、現代のアメリカ人はみな、肌の色はともかく心の色合いにおいて白人なのか黒人なのかよくわからないという人種的放浪者の運命を辿っているからである。そしておそらくはぼく自身の内にジョー・クリスマスがいるからこそ、ワシントンDCを訪れるときには決まってリンカーン記念堂へと吸い寄せられてしまう。（ヘンリー・ホルト版第十二章、一七頁）。

こうしたエリクソンの発想は、彼が愛読する思弁小説作家フィリップ・K・ディックのポスト・アポカリプス小説『ドクター・ブラッドマネー』（原著一九六五年、邦訳サンリオSF文庫版一九八七年、創元SF文庫版二〇〇五年）において、エディー・ケラーなる少女が自らの身体内部に双子の弟ビルを同居させ語り合っているという設定から、多大なヒントを得たものだ。現代の代表的アメリカ人は、多かれ少なかれ、自らと明暗を分ける精神的双子関係を、ほかの誰かとのあいだに結んでいる、というポーなら二重自我《ドッペルゲンガー》と呼ぶであろう着想である。かくしてエリクソンは、同じ論理をニクソンにもあてはめてみせる。彼によれば、オリヴァー・ストーンは映画『JFK』（一九九一年）のあとに『ニクソン』（一九九五年）を製作したので、あたかも前者の続編が後者であるかのように言われ過小評価されてきたきらいがあるが、じつはこの説はまちがっているという。『ニクソン』が真の正編として崇めているのは、じつはロバート・オルドリッチ監督がミッキー・スピレーンの反共ハードボイルド探偵マイク・ハマーを主人公にした映画『キッスで殺せ』*Kiss Me Deadly*（原作『燃える接吻』一九五二年、映画化一九五五年）にほかならない、というのだから面白い。

『キッスで殺せ』こそは最初にしておそらく最後の核戦争ノワール映画だろう、『ニクソン』を考慮に入れない限りは。というのも、後者は前者が四十年も前に表現した核爆発をぎりぎりのところで回避しているからである。『キッスで殺せ』のラストシーンでマイク・ハマーは怒りのあまり世界の終末へなだれこんでしまうが、それはリチャード・ニクソン自身が八年早く大統領に選出されていたらやらかしていたかもしれないシナリオにほかならない。

（『アメリカン・ノマド』第三十八章、一二二―一二三頁）。

じっさい一九六〇年にケネディではなくニクソンが大統領に就任していたら、一九六二年のキューバ・ミサイル危機はまずまちがいなく最初で最後の全面核戦争と化していただろう。そう、反共でも大人気だったハードボイルド探偵マイク・ハマーと、反共で陰謀家として不人気がついてまわり凋落の一途を辿ったアメリカ大統領リチャード・ニクソンとは、米ソ冷戦時代におけるアメリカの光と影であり、その点においてふたりは精神的双生児だったといってよい。トリッキー・ディックの名は、陰謀の果てに世界の終末をもたらしかねないアメリカの悪夢と裏腹なのである。

以後、アメリカ文学史はさまざまなかたちでニクソンを戯画化してきたが、過去四半世紀の収穫としては、女性思弁小説作家アイリーン・ガンが一九九一年に発表した「アメリカ国民のみなさん」(『遺す言葉』所収)にとどめをさす。これは、一九六四年の選挙の結果、ジョン・F・ケネディ政権では副大統領だった民主党のリンドン・ジョンソンではなく、共和党のバリー・ゴールドウォーターが大統領に選ばれ、公約どおりヴェトナムへの小規模核攻撃を行ない、ロバート・ケネディがまだ野望を捨てず、リチャード・ニクソンが元副大統領の座を退いたあとはテレビのゲームショウ「トリッキー・ディック・ショウ」の司会に成り下がり、先代ジョージ・ブッシュ政権下に至るまでえんえん二〇年近くも続けているという、スパイスの効いた歴史改変小説。背後には当然、米ソ冷戦解消後、湾岸戦争を経て再選を狙う先代ジョージ・ブッシュ政権への風刺がある。抱腹絶倒なのは、陰謀家で知られるニクソンが、自分のショウのなかで嘘発見器にかけられ、さまざまな質問を浴びせられる場面が、最大の見物として演出されているところだ。聴衆はあらかじめ選び抜かれた「政府に必要悪は存在しないというアンドルー・ジャクソンに、あなたは同意しますか?」「合衆国はロシアを信頼すべきだと思いますか?」「あなたは六〇年代にLSDを服用したことがありますか?」という質問を次々と司会者に浴びせ、そのたびごとに嘘発見器が反応するのを楽しむのだが、トリッキー・ディック自身も質問を巧妙に選んで、「事実と虚構、心のこもった訴えと完全な嘘を使い分ける達人ぶり」を演じてやまない。

現実と虚構、善と悪は、ごく自然に混濁しているのか、それとも何らかの陰謀によって混濁させられているのか——トリッキー・ディック以後の構図には、再び共和党の虚偽にみちみちた「現実」が失墜しかけているアメリカの彼岸が透視されるだろう。そこには、真実を盗み出すことで現実を塗り替えようとするスピーチアクトが胚胎している。

ここで、ウォーターゲート疑獄前後のニクソンがいかに二枚舌であったかを、文字どおりニクソン本人に睨まれていたジャーナリストにしてのちのハーヴァード大学教授マーヴィン・カルブの一九九四年の著書『ニクソン・メモ——大統領のメディア工作』(原著一九九〇年)を参考に、整理してみよう。

もともとニクソンは一九六九年のカンボジア爆撃作戦の段階からメディアへのリークを疑い、ジャーナリストに盗聴を仕掛け陰謀説を前提にするなど恐るべきパラノイアぶりを見せていた。ここでウォーターゲート疑獄を丹念に追及した〈ワシントン・ポスト〉記者ボブ・ウッドワード&カール・バーンスタインによる名著『大統領の陰謀』(原著一九七四年、邦訳立風書房、一九七四年、文藝春秋、二〇〇五年)やオリヴァー・ストーン映画『ニクソン』に立ち戻るならば、ニクソンのパラノイアの根源にはケネディ家への絶大な恐怖心が巣食っていたと言ってよい。一九六〇年の大統領選で自身を打ち負かしたジョン・F・ケネディのみならず、六八年の大統領選でも強敵になるやもしれなかった仇敵の弟ロバート・ケネディが立ちはだかっていたし、七二年の再選活動のさいにもさらにもうひとりの弟エドワード・ケネディの出馬の可能性があった。ケネディ暗殺後にはニクソンの陰謀理論癖はやむどころか増長するばかりであり、知性派ケネディ家への対抗心がアイゼンハワーの代表した反知性主義を再燃させることになったのは、理の当然というほかない。ただし、ウェズリアン大学政治学教授エルヴィン・リムが二〇〇八年に刊行した『反知性的大統領――ジョージ・ワシントンからジョージ・ブッシュへおよぶ大統領レトリックの衰亡』(オックスフォード大学出版局)も指摘するように、ニクソン本人はじっさいのところ南部の名門デューク大学の法学部を卒業した相当なインテリであったにもかかわらず、あえてインテリらしからぬ言動を採ろうとした大統領だったことも、忘れてはなるまい(四三頁)。歴代大統領やニクソン以降のスピーチライターが認識してきたのは、大衆というのは必ずしもハイブラウで知性教養あふれる大統領についていくわけではなく、むしろロウブラウで反知性主義を気取ったほうが人気獲得には有利になるという、ポピュリズムの秘訣だった。その意味で、ニクソンは戦略的反知性主義を演出できるほどには知的な大統領だったことになるが、いっぽうではケネディ家に象徴される民主党側の戦略に対して怯えてやまず、火のないところにも煙を見出し、対抗馬を陥れるためなら不正投票もスパイ活動も怪文書配布も厭わない「ラットファッキング」の手法に依存する陰謀理論狂《パラノイア》であった。

かくして一九七二年六月十七日に、ニクソン再選委員会に関与するカメラと盗聴装置を携えた五人の男が民主党本部不法侵入の現行犯で逮捕され、いわゆるウォーターゲート疑獄が発覚し、それに付随するさまざまな悪行が――賄賂による資金、雇った盗賊への口止め料、電報の偽造、不法な電話の盗聴、家宅侵入などなどのすべてが――大統領がらみであることが疑われる。そして一九七三年の暮れも押し迫ったころ、ニクソン大統領はホワイトハウス内部に仕掛けられていた録音テープをも証拠として裁判所へ提出するが、にもかかわらずそれら七本のテープのうち一本には、故意に消去したとおぼしき十八分三十秒の空白があり、それがますますアメリカ国民の猜疑心を煽り立てる顛末となった。彼は明らかに最も不適切なテープの部分を盗み出したまま、平然としていたのだ。

ここで見逃せないのは、他者の陰謀を執拗に疑ってきたニクソンが、いざ自身の陰謀が疑われるとなると、大胆にも、そして厚顔無恥なまでに嘘をつき続けたということである。すなわち、ニクソンは真実を隠すどころか盗み続けたのだ。前掲マーヴィン・カルブは『ニクソン・メモ』でこう説く。

ニクソンは外に対しては嘘をつき、真実を内に隠した。たとえば一九七二年六月二一日、ニクソンは腹心のホールドマンに内々に伝えた。「騒ぎは主としてワシントンで終わって、全国的なものにはならないだろう。だって、誰かが誰かに盗聴器をしかけたって、全国民がひどく批難するわけがないよ。そうだろう。このあたりではみんなが問題にしているがね。盗聴なんてひどい、とね。そんなことはもちろんないし、国民の多くは日常茶飯事だと思っているし、誰だって誰かを盗聴しようとしているんだよ。それが政治なんだ」

一九七二年八月二十二日、外に対して「現在、在職中のいかなるホワイトハウスのスタッフも、ニクソン政権のメンバーも、この、まことに奇妙な事件に関わっていない」と言明した。

一方、一九七三年三月二十二日には内輪で「何が起ころうとだ。君たちには一丸と成って捜査を防いでもらいたい。やつらには修正第五条（自己に不利益な供述を強制されない）で対抗し、隠蔽するなり、何なり、わが計画を救うためなら何でもしろ。それが肝心だ」（ここで「計画」とは、ホワイトハウスがウォーターゲートとは何の関係もなかったとすること）

そして一九七三年八月十五日、ニクソンは公式に「隠蔽工作があったことを知らないばかりか、隠蔽すべきことがあったことも知らない」と述べた。

（邦訳『ニクソン・メモ――大統領のメディア工作』二〇―二一頁）

ニクソンが公の立場では嘘をつき続けているのが一目瞭然だろう。真実は、ニクソン本人が、大統領選挙における自身の再選のために、キューバ人を含む集団に民主党本部へ忍び込ませ、盗聴器を仕掛けたり重要な文書を盗ませたりしたという政治的詐欺にほかならない。だが、ポール・ド・マン流に言うならば、すでにウォーターゲート疑獄で嘘をつき偽証したという段階で、ニクソンは真実の真実性を盗み取ったことになるだろう。それは、ヴェトナム戦争の作戦がメディアに漏洩したことに対し、陰謀論的パラノイアにかられたニクソン大統領が行なわざるをえなかった逆襲、すなわちメディアへの機密漏洩という盗みに対して、ほかならぬ大統領府自身が対抗陣営の最重要機密を盗み返すというもうひとつの陰謀なのである。まさにこうして始まったウォーターゲート疑獄が〈ワシントン・ポスト〉の敏腕記者二名の調査・追及するところとなり、そこには「ディープ・スロート」なる密通者も介在したことから、ニクソンはそこに新たな情報漏洩を見出し、またしても猛り狂う。

「もう我慢できない。われわれがやめさせるんだ。どんなに金がかかろうとかまわない」。この対処は、余った選挙資金五百万ドルを注ぎ込んでもニュース・メディアの暴走に歯止めをかけよという、言論の自由、報道の自由への弾圧であり、ニクソン的反知性主義の典型であった。
（ウッドワード＆バーンスタイン『大統領の陰謀』邦訳四一六―四一七頁）。

右傾化し軍事優先となった国家が反知性主義に走るのは当然の道筋だが、その最大の戦略こそはメディア全般の言論を検閲し制御することにほかならない。知識人の言論封殺を実現する方策こそは、反知性主義ならではの知略なのである。

こうした視点から一九七三年、つまりウォーターゲート疑獄発覚の翌年にしてヴェトナム戦争が一件落着した年に、アメリカン・メタフィクションを代表するトマス・ピンチョンが発表した大著『重力の虹』（原著一九七三年、邦訳国書刊行会、一九九三年：新潮社、二〇一四年）を読み直すならば、右の経緯は新たな光を帯びるだろう。同書は第二次世界大戦において世界がミサイルの論理で稼働するようになったことを深い洞察をもって描き出した物語だが、後半ではナチス・ドイツが開発したV２ロケットをアフリカ系ヘレロ族出身者が奪取し再利用するという展開を構想し、結末では、ロサンジェルスはオルフェウス座の夜間支配人であるリチャード・ズラッブが、専用フォルクスワーゲンでハリウッド・フリーウェイを飛ばすうちに、次第にパトカーよりも大きなサイレンが近づいてくるのに気づくさまを描く。このリチャード・ズラッブのモデルこそは、酔っぱらって核戦争を起こしかけ、同書出版当時にはウォーターゲート疑獄の渦中にいて辞任直前だったリチャード・ニクソン大統領本人だ。やがて物語は、映画の開始を待ちきれない観客たちの騒ぐ映画館の頭上から、ミサイルが急降下していくという、大団円を迎える。その瞬間、核ミサイルのボタンを押す者は核ミサイルによって報復されるという、きわめつけの自己言及的アイロニーが炸裂する。

第四章　真実の夢盗人

一九七二年、ニクソン大統領が政治的最重要機密を盗んだ一方、一九七三年、ピンチョンは白人文明の精華たるミサイルを少数民族の黒人が盗み出す構図を織り上げた。かくして生じたウォーターゲート疑獄のさなかのアメリカ合衆国の行方について、このころアメリカを離れチューリヒにて在外研究中だったド・マンは、奇しくも自身の本務校イエール大学で教えていたデリダとの文通において、熱く語り合っていたという。ド・マンはこのスキャンダルの詳細がチューリヒではつかみにくいため、デリダに最新情報をねだるばかりか、これを素材にした本の執筆まで構想していたふしがある（マックィラン序文）。

盗む者がいれば、盗み返す者も枚挙にいとまがなかった時代。そして、まさにそうしたメカニズムが世界を稼働させていたパラノイドと反知性主義の時代。こうした時代精神は、たとえばまったく同じ一九七二年にロッキード社が日本側代理人や田中角栄首相をも含む要人たちに巨額の賄賂を流し、それがアメリカ合衆国建国二百年祭の一九七六年に発覚して国際問題と化したスキャンダルとも、絶妙に連動しているだろう。人間的信頼の鏡球が環太平洋規模で爆裂し、ますますエントロピーが増大し続けていった時代。

右のコンテクストを考慮するならば、一九七四年のニクソン辞任後、一九七五年にデリダがポー

「盗まれた手紙」解釈をめぐってラカン批判を行なった論文の英訳が発表され、続く一九七六年にド・マンが明らかにラカン＝デリダ論争を承けるかたちで名論文「盗まれたリボン」を書きコーネル大学で講演したのは、まさしく時代の要請した結果ではあるまいか。デリダはラカンが手紙を記号内容《シニフィエ》ならぬ記号表現《シニフィアン》として再定義し、精神分析的なファルスとして読み解こうとしたのは認めながらも、そのあげく記号表現《シニフィアン》そのものをもうひとつの記号内容《シニフィエ》に仕立て上げてしまい、散種効果を見逃していることを指摘した。そこでは、かつてレヴィ＝ストロースの考える構造概念そのものをもうひとつのイデオロギーと見たのと同様な批判の手口が反復されている。一方、おそらくはデリダのラカン批判を読んだド・マンはルソーが盗んだリボンのみならず、その盗みが発覚してすぐ脳裏をかすめたのが恋心を抱いていた女中マリオンの名前だったがゆえに、そのマリオンの記号表現《シニフィアン》を口にしてしまい、そのあげく彼女にリボン盗難の罪をなすりつけるに至った換喩的転倒を重視する。そこでは、手紙という物質のシニフィアンどころか、マリオンという生身の人間その人が記号表現《シニフィアン》の物質性を体現するものとして捉え直されている。

　してみるとこの構図は、ニクソン大統領が、かつて自分を忌み嫌ったアメリカ国民に愛されたかったがために民主党本部盗聴事件を起こし、いざ発覚するや、「私は、合衆国国民のためになすべくアメリカ国民が私を選んだ職務からはなれる意志はまったくないことを、みなさんにお知らせしておきたい」と宣言して、国民自身へ責任転嫁してしまった構図と酷似してはいまいか。ニクソンは盗聴の罪を国民全般がいつでも行ないうるものとして、ひいてはメディアが醸し出す世論そのものが責任を負うべきものとしてなすりつけたのだ。ド・マンのルソー読解では、リボン窃盗の罪を働いたからそれを悔いる言い訳の言語が発動するのではなく、マリオンという限りなく物質に近い記号表現《シニフィアン》を先行させることで因果関係が転倒していく言い逃れの言語《レトリック》が、それこそ機械的かつ自動的に繰り出される。つまり、「盗まれた手紙」論争から「盗まれたリボン」分析へ至るプロセスは、ウォーターゲート疑獄をめぐって露呈した盗みと責任転嫁の構図を俯瞰的に思索した当代随一の知性が、それを人間的主体から自走する記号表現《シニフィアン》という言語、ひいては言語そのものの物質性そのものへの責任転嫁をめぐるメタ言語的ドラマとして読み直すプロセスなのだ。

　以上の視点を得たうえでポーの「盗まれた手紙」を読み直すならば、そのテクスト自体の読み方も抜本的な転換を迫られる。デュパンは警視総監から王妃の不倫という真実を秘める手紙が大臣Ｄ某に盗まれたから何とかしてほしいと頼まれるが、必ずしも気軽に引き受けたわけではない。作品の結末が明かすように、彼は、もともとこの大臣Ｄ某にしてやられた経験を持っているがために、手紙の内容《シニフィエ》を隠蔽する以上に手紙という運動体《シニフィアン》そのものを盗み返すことで達成される復讐のほうを最終目標に設定していた。そう、これは手紙を盗む以前に盗み返すことが中核を占める物語なのである。ウォーターゲート疑獄におけるニクソン大統領がメディアへの逆襲を考えるあまりに、最重要機密が盗まれて漏洩した屈辱を晴らすべく、すなわちメディアへ仕返しすべく盗聴作戦をエスカレートさせたのと同じく、ポーの名探偵デュパンもまた、盗まれた手紙を盗み返すことで実現する復讐を正当化するために、警視総監からの依頼を「王妃への忠誠」の名のもとに引き受けたのである。いったいなぜそんな推理と手紙奪還が可能だったのかといえば、ニクソンの内面が空虚であるのと同じく、デュパン自身も犯罪者の知性に自身を重ね合わせる技術に長けているぶんだけ、その内面を空虚に保っていたからだ。

シーモア・ハーシュは〈ニューヨーカー〉一九九二年十二月十四日号の長大なウォーターゲート疑獄回顧録の結論部分でこう述べている。


「公文書の調査員たちは、ニクソンの人格の欠如、彼の空虚さに色を失った」

(Archivists found themselves appalled by Nixon's lack of character, his emptiness)


ハーシュはこれをネガティヴに報告しているが、わたしはニクソンは限りなく反知性主義的と映るほどに空虚であり非人間的だったからこそ、自身の知性を自らの仇敵であるメディアの知性にやすやすと重ね合わせられるだけの完璧なる機械たりえたのだと思う。ハンナ・アーレントの再解釈するナチス親衛隊将校アドルフ・アイヒマンの「凡庸な悪」を連想してもよい。だが、こうした人格の欠如と空虚さは、必ずしも否定的なニュアンスばかりを醸し出すわけではない。それは、まさにデュパン自身が自らの内面を空虚にして仇敵たる大臣の知性に重ね合わせ事件解決へ赴く推理機械であったことを彷彿とさせる。そしてじっさい、まさにそのようにしてデリダはラカンの知性に自らを重ね合わせ、ド・マンはまさにその論争の構図に、限りなくルソーに酷似した自らを重ね合わせて、論争そのものを言語機械のさなかへと盗み出そうとしたのだ。

ここで、ド・マンが往々にして、自身にせよ他者にせよ不名誉を被るとともに、まさにそれを表現する言語そのものが脱修辞化せざるをえない事態を「ディフェイスメント」(defacement)と呼んでいたのを再び想起するなら、さまざまなものを盗んでは自己正当化せざるをえない人間主体の宿命も判明しよう。手紙を盗み、ダイヤを盗み、リボンを盗み、録音テープを盗み、はたまたミサイルをも盗む人間たちのドラマから露呈するのは、仮に自らの罪を告白したとしても、それを弁解／言い訳する過程において、その責任を第三者や罪なき人々になすりつけ存在論的な名誉毀損をくりかえし、ほかならぬ言語そのものに対して責任転嫁し因果転倒していく、それ自体が高度に非人間的なメカニズムにほかならない。

なるほど一九六三年のケネディ暗殺から一九七三年のヴェトナム敗戦へ至る十年間は、一九五〇年代には繁栄の絶頂をきわめたアメリカ合衆国が急転直下、陰謀論渦巻く最底辺へと凋落の一途を辿り、人間的な信頼とともに真実の信憑性を、そして未来への夢そのものを喪失してしまった幻滅、転じては非人間化の過程に見える。だが、まさにそのように最も非人間的なメカニズムなくしては、人間世界そのものを語る最も雄弁なレトリックもありえない。そして、軍事的にも政治的にも国家的屈辱を体現した反知性主義者ニクソンも、そうした時代風潮から脱構築理論を刷新し一世を風靡した移民知識人ド・マンもともに時代の寵児であり、アメリカの夢と悪夢から成るコインの裏表を成していたのである。

〈参考文献〉

Barish, Evelyn. *The Double Life of Paul de Man*. New York: Liveright, 2014.

Brown, David. *Richard Hofstadter: An Intellectual Biography*. Chicago: U of Chicago P, 2006.

Cohen, Tom et al, eds. *Material Events: Paul de Man and the Afterlife of Theory*. Minneapolis: U of Minnesota P, 2001.

De Man, Paul. "The Purloined Ribbon." *Glyph* No.1 (1977). Rept in *Allegories of Reading*.

Derrida, Jacques. "Typewriter Ribbon: Limited Ink (2) (within such limits)." In *Cohen*.

Deck, Philip K. *Dr. Bloodmoney*. 1965. 阿部重夫&阿部啓子訳『ブラッドマネー博士』(サンリオ、一九八七年)。

Erickson , Steve. *The American Nomad.* New York: Henry Holt, 1997.

Gunn, Eileen. "Fellow Americans." 1991. In *Stable Strategies and Others*. San Francisco: Tachyon, 2004. 幹遙子訳「アメリカ国民のみなさん」、『遺す言葉』所収(早川書房、二〇〇六年)。

Hersh, Seymour M. "Nixon's Last Cover-Up: The Tapes He Wants the Archives to Suppress." *New Yorker*, Dec 14 (1992),c: p.93. Web.

Hofstadter, Richard. *Anti-Intellectualism in American Life*. New York: Vintage, 1963. 田村哲夫訳『アメリカの反知性主義』(みすず書房、二〇〇三年)。

__________. *The Paranoid Style in American Politics*. 1965. Introd. Sean Wilentz. New York: Vintage, 2008.

Johnson, Barbara. "The Frame of Reference: Poe, Lacan, Derrida" (1978). Rept. in *The Critical Difference*.

__________. *The Critical Difference*. Baltimore: Johns Hopkins UP, 1980.

Kalb, Marvin. *The Nixon Memo: Political Responsibility, Russia, and the Press*. Chicago: U of Chicago P, 1994. 岡村黎明訳

『ニクソン・メモ——大統領のメディア工作』(サイマル出版会、一九九六年)。
Lim, Elvin T. *The Anti-Intellectual Presidency: The Decline of Presidential Rhetoric from George Washington to George W. Bush*. New York: Oxford UP, 2008.
McQuillan, Martin. *The Political Archive of Paul de Man*. Edinburgh: Edinburgh UP, 2012.
Nixon, Richard. *In the Arena: A Memory of Victory, Defeat, and Renewal*. New York: Simon & Schuster, 1990. 福島正光訳『ニクソン　わが生涯の戦い』(文藝春秋、一九九一年)。
Poe, Edgar Allan. *The Collected Works of Edgar Allan Poe*. 3vols. Ed. Thomas Ollive Mabbott. Cambridge: Harvard UP, 1969-78. 引用は拙訳(新潮文庫)に拠る。
Pynchon, Thomas. *Gravity's Rainbow*. New York: Viking, 1973. 佐藤良明訳『重力の虹』(新潮社、二〇一四年)。
Small, Melvin. *A Companion to Richard M. Nixon*. Oxford: Wiley-Blackwell, 2011.
Woodward, Bob and Carl Berstein. *All the President's Men*. New York: Simon & Schuster, 1974. 常盤新平訳『大統領の陰謀』(立風書房、一九七四年：文藝春秋、二〇〇五年)。
アレクサンドル・デュマ『友を選ばば三銃士』(原著一八四四年、鈴木力衛訳、復刊ドットコム、二〇〇一年)
——『妖婦未レディーの秘密』(原著一八四四年、鈴木力衛訳、復刊ドットコム、二〇〇一年)。以上二巻で『三銃士』第一部を成す。
ルソー『告白』上中下(原著第一部一七八二年、第二部一七八九年刊、小林善彦訳、白水社、一九八六年)。
巽孝之編『反知性の帝国——アメリカ・文学・精神史』(南雲堂、二〇〇八年)。

第三部　鬱蒼たる学府

――アーレント、ド・マン、マッカーシー――

第一章　イスラム国時代のアイヒマン

二〇一五年三月、かつて二〇〇六年に組織されたときにはイラクとシリアを中心に活躍し、以後十年のうちに国際的な連続的テロを仕掛けてきた過激派組織イスラム国（ＩＳ）問題が加熱して、日本人ジャーナリスト後藤健二氏の残虐きわまる処刑が我が国をも震撼させていた当時のことだ。とある国際会議のためアメリカ東海岸へ出張してニューヨークから帰路につこうとしたわたしは、大雪でフライトが三時間遅れとなり、ジョン・Ｆ・ケネディ空港において待ちぼうけの状態だった。折も折、ふと〈ニューヨーク・タイムズ〉二〇一五年三月一日付日曜版サンデー・レビュー欄のトップを飾る元海軍大佐にして現ニューヨーク大学大学院生ティモシー・クドーによる「いかに殺人を学んだか」を読み出したところ、目が釘付けになってしまった。同紙の日曜版で必ず読むのは書評欄なのだが、この日だけは違う。なにしろ冒頭のリードには、明らかにハンナ・アーレントの『イェルサレムのアイヒマン――悪の陳腐さについての報告』（原著一九六三年、みすず書房、大久保和郎訳、一九六九年）を思わせる口調で、こう記されていたからである。

戦争の狂気のさなかにあって、わたしは殺人すら陳腐となりうることを目の当たりにした。
（In the madness of war, I saw that taking a life could be banal）。

日系アメリカ人のクドー大佐は、二〇〇九年にはイラクに、二〇一〇年から一一年にかけてはアフガニスタンに派遣され、実践の指揮を執った青年。記事そのものの冒頭は、以下の一文で始まる。

こんな無線が入った。「道端で穴を掘ってる二人組がいます、射殺しますか?」

サスペンス小説であれば、その衝撃力から言って、完璧なツカミであろう。だが、これは虚構ではなく、現実の戦争の一幕、それもじつにありふれた一幕なのだ。

右の無線報告が入ったのは、二〇一〇年にアフガニスタン駐在を命じられた第一週目のある日、それも夜中のことだったという。「道端で穴を掘ってる二人組」が農夫であれば日の出から日の入りまでが労働時間であるから、夜中に何らかの穴掘り作業をしているのは不審であり、しかも何らかの荷物を携えているのが見て取れるのなら、農地を灌漑しているのでなければ地雷でも埋め込んでいるのではないかと疑われても致し方ない。かくして、クドー大佐は結論を下す前に不安になり、自分の上官に意見を求めようとした。というのも、たんに挙動不審だからというだけでそれまでの人生すべてにおいて悪と信じてきたおぞましき行為、すなわち殺人という行為に走るわけにはいかないと考えたからである。ところが運悪く、まわりにはいっさいの上官がおらず、クドー大佐自身が決断を下すしかない。となれば、これまでハリウッド映画のみでなじんできた「撃て!」の一言を、いささかのアイロニーもなく、自分自身で発話するしかなかった。クドー大佐は、この命令を受けた若い兵士が決断を変更するよう言い返してくれたらどんなによかったか、とも記す。しかしその直後に聞こえたのは「了解！《ラジャー・アウト》」なる返答と二人の現地人をみごとに射殺する銃声であった。

いったい人間が殺人能力を発揮するさいの条件は何なのか。これについて、軍事訓練中のクドー大佐は、デイヴィッド・グロスマン陸軍中佐の『殺人について』なる書物が人間生命を奪う心理を脱構築してみせたことに注目する。それによれば、過去一世紀のあいだというもの、軍事社会制度と訓練は人間が殺人を犯すのを助長する方向へと進化した。じっさいクドー大佐は自身の手で殺人を行なう訓練を余儀なくされた。けれども、殺人にはさまざまな方法がある。クドー大佐のごとく前線に出るよりも部下へ命令する立場を占めるなら、仮に自分自身の手を汚さなくとも、命令を下すことによって無数の生命を奪うことができる。そして、手練の狙撃手はまさに殺人の名手という一点においてたちまち自身の軍におけるスーパーヒーローにしてセレブとしての名声をほしいがままにする。そう、海軍士官たるもの、何よりも先に決断することを迫られるのだ。たとえ悪い決断であっても、優柔不断よりはましなのだと教え込まれる。だから、自分で初めて部下に射殺命令を下してしばらくすると、そうしたしわざすべてがあたりまえになってしまった。そこが狂気にみちみちた戦場である限り、撃たれたら撃ち返すのは、たとえ倫理的には受け入れがたくとも、法律的には立派に正当化される。戦争と平和が矛盾なく同時に成立してしまうこの論理が何の変哲もないものとして自然化されていく歩みは、ジョージ・オーウェルの全体主義批判小説『一九八四年』(一九四八年脱稿)を彩る「二重思考《ダブルシンク》」やグレゴリー・ベイトソンが「精神分裂病の理論化に向けて」(一九五六年)で提唱した「二重拘束《ダブルバインド》」、ひいてはジョーゼフ・ヘラーのブラックユーモア戦争小説『キャッチ＝22』(一九六一年)が表題に掲げる不条理な軍規を彷彿とさせる。

そしてクドー大佐は、このエッセイのうちでも最も興味深いくだりへさしかかる。「わが軍の大砲が敵を倒し、狙撃手がターリバーンの戦士をみごとに仕留めるようなことがあれば、たいていわれわれは自分たちの仕事が立派な業績をあげたことを祝うのだが、それはあたかも顧客との契約がみごと成立した直後のビジネスマンを彷彿とさせる」。そう、それは上司の命令に従って粛々と仕事をこなし、一定の業績を挙げ、その結果昇任人事が約束されるかもしれないことを喜ぶエリート・サラリーマン、転じては出世コースを歩む中間管理職の感覚と、何ら変わるところがない。

興味深いのは、たとえそのように敵を殺害するのに何ら良心の呵責を覚えなくなったとしても、味方が殺害された場合には喪失感と復讐への意志が深まり、現実を根本から歪めかねないという指摘だ。


戦争が狂気であるゆえんは、このシステムがまさに殺人を合法化しながらも、社会一般のためには必要悪かもしれないところにある。われわれがいま暮らしている危険極まる世界においては、殺人と拷問が横行し、強者が弱者を迫害するのが、市民社会においてスターバックスのコーヒーを飲む以上にあたりまえになっている。われわれが安全を確保し、平和な世界を守ろうとするには、少年少女に殺人を教え込み、この地球という惑星上の人類を瞬時にして全滅させるテクノロジーを造ること。ひいては、全地球の人口の大半を非人間化し、殺人には道徳的に神聖なる義務があるのだと主張することにほかならない。（クドー五頁）

そしてクドー大佐は、結論でこのように論理をひとひねりしてみせる。

ジョージ・W・ブッシュ大統領やバラク・オバマ大統領の戦争責任を問うつもりはない。つまるところ、われわれが選んだ指導者たちにしても、命令に従っているだけなのであろうから。その点では、大統領であろうとも、冒頭に示したごとく、このわたしに道端で穴掘りしている連中を射殺していいかと尋ねてきた海兵隊員といささかも変わるところがないのである。（クドー五頁）

以上、ひとりの海軍大佐の筆になる実戦経験報告をえんえんと引用したのは、ここには昨今では対人地雷全面禁止条約すら、その理想にかかわらず反故になりつつある現実が反映しているからだ。対人地雷は、標的が敵か非武装市民かを問わずに殺傷する無差別兵器であるがゆえに非人道的とされてきたが、しかし仮に遠隔地において、標的が敵か無辜の住民かを判断できればむしろ有効になりうる。この可能性のゆえにアメリカは対人地雷全面禁止にくみせず、現在の放置地雷問題も戦闘状態終結後には設置地雷を無効化できれば問題にならないとする。敵か非武装市民か遠隔で判断できる「地雷」あるいは「無人火器」は、すでにアメリカ軍が紛争地帯に投入している戦術対地攻撃用の無人機（ドローン）として現われている。この場合、敵かどうかを判断するのは機械ではなく、地球を半周以上離れたアメリカ本土のコントロール・センターの暗いブースに座った遠隔操縦士だ。彼こそが、ディスプレイに映る「敵」の画像から、その動きがテロ活動かどうかをリアルタイムで判断し、対地ミサイル発射のトリガーを引くことが求められている。こうした反日常の中で急性から慢性のパニック障害、つまりPTSDを発症する遠隔操縦士が多発してやまない。

この二十一世紀的に陳腐な現実を理解するには、クドー大佐が一言も言及していないとはいえ、その背後にハンナ・アーレントの『イェルサレムのアイヒマン』(一九六三年)が介在しており、彼が現代の戦場にそのグロテスクなパロディを見出したことに思い至る必要がある。ほぼ半世紀前にアーレントが提起したナチス・ドイツ再解釈はいまなお解決されていないどころか、むしろますます切実にわたしたちの現実において自然風景化しているのだ。マルガレーテ・フォン・トロッタ監督が二〇一二年に製作したドイツ・ルクセンブルク・フランス合作映画『ハンナ・アーレント』では、この女性哲学者が講義においてアイヒマンにおける思考能力の欠如を指摘し、思考することの根拠を善悪の判断に求めているのが強調される。かつてニーチェはキリスト教的西欧を徹底批判するさい、善悪の彼岸を超えてもなお、道徳批判の道徳意識が成立しうることを示したが、アーレントはここで、かくも鋭利に現代における非人間化を分析しつつも、人間の思考の根拠に前提される道徳性そのものは疑っていないように見える。それは、彼女個人の思想的限界という以上に、一九六〇年代という時代が孕んだ制約の帰結であったろう。

以後、半世紀を経て、問題系は変わった。

われわれが、そもそも思考する以前の無意識において、あたかも前述の「陳腐」"banality"の語源を辿り直すかのごとく悪の陳腐化がシナリオ化されていたとしたらどうなるか? それればかりか、生理機能的にも陳腐なる悪をもたらす虐殺本能があらかじめ隠匿されているとしたらどうなるか? 陳腐なる虐殺と呼ばれるであろう光景に文学的表現を与えることは可能か？

こうした問いは、半世紀前のアーレント的限界を超えてあと一歩を踏み出し、新たに物語化することが可能かどうかという難問を導く。そして、そうした問題意識があらかじめ二十一世紀文学に要請されていたとすれば、結果としての回答は必然的にＳＦ的想像力を帯びざるをえない。アーレントがいったいなぜ思想的限界をきたしたのかという問題系と、その限界をいったいなぜ伊藤計劃の『虐殺器官』(二〇〇七年)はいささかでも突破することができたのかという問題系とは、以後もたえず密接に連動すべきものとして、くりかえし立ち現れるはずである。

ユダヤ系ドイツ人亡命思想家アーレントと日系アメリカ人海軍大佐クドーを半世紀を隔てても共振させているものは、いったい何か。

それは、第一に悪が陳腐化せざるをえない戦時下の条件を探っていること、第二にそうした悪に手を染める主体が断じてロマンティックな天才ではなくモダンで勤勉な実業人であるのを喝破したこと、そして第三にユダヤ人大虐殺を行なったアイヒマン自身が聖書はポンショ・ピラトの時代からアフガニスタン＝イラク戦争のブッシュやオバマの時代に至るまで、むしろどの時代、どの国家にも誕生しうる普遍的人格、より正確にいえば普遍的な非人間的人格であるのを実感させたことである。

まず、第一点であり、『イェルサレムのアイヒマン』最大の争点ともなった「悪の陳腐さ」の概念を再検討するところから始めよう。

ここで「陳腐」の概念として採用されている英語(banality)とは、もともと「禁止する、放逐する」を意味する動詞(ban)から強制的(compulsory)な感覚を担いつつ、結果的に一般的(common)という意味合いを帯びるに至った概念である。「強制的」なものが「一般的」なものになりうるという論理の道筋は掴みにくいかもしれないが、歴史的にたぐりなおせば、この語源は中世フランス語で封建社会における市民一般に共通して課された賦役、すなわち労働義務を指す。したがって、みんなが強制的に労働しなければならないというところから一般的という意が生じ、転じては陳腐なもの、ありふれたものという侮蔑的なニュアンスを帯びるに至っている。ここで肝心なのは、当初は強制的に命令された結果だったものが、あまりにも一般化してしまったので陳腐なものという語義をも帯びるに至ったことだ。フェミニスト詩人エイドリアンヌ・リッチのいう「強制的異性愛」(Compulsory Heterosexuality)と言ったら、もともと異性愛が強制的だったのにそれが自然化して本来の起源が忘去られていることを暴露する概念であるのを連想してもよい。そう考えるなら、戦場において強制される殺人という悪があまりにもくりかえされるがために自然化してしまい、陳腐なもの、ありふれたものと受け止められるようになった経緯もよくわかる。すなわち、アーレントやティモシー・クドーを持ち出さずとも、そもそも「陳腐」"banality"という単語の成り立ちそのものに、強制された労働が一般化し陳腐化していくプロセスが凝縮されていたのである。すなわち、アイヒマンが行なったユダヤ人大虐殺が悪の陳腐さを露呈したというよりも、あらゆる強制的な労働には陳腐という倫理観へ転化する契機が――構築主義的にいうなら当初は特異な言説でしかなかったものがいつしか自然化していく契機が――語源的に孕まれており、それこそはアイヒマンが嬉々として機械的労働とともに合法的な悪を積み重ねていった経緯にほかならない。

第二点、アーレントがそうしたホロコーストの悪に手を染める主体が断じてロマンティックな天才ではなくモダンで勤勉な実業人であるのを喝破したことは、『イェルサレムのアイヒマン』が囂々たる非難を巻き起こした最大の原因であろう。一般には、アイヒマンこそヒトラーなみの悪の権化ではないかと見る風潮が強かった時代に、アーレントはその前提を突き崩した。第八章「法を守る市民の義務」の第一段落には次の文章が見える。

だからアイヒマンにはポンショ・ピラトを気取る機会はたくさんあったのである。しかし歳月が経つにつれ彼の感受性はまったくなくなってしまった。これが現状であり、これがヒトラー総統の命令にもとづく新しい国法なのだった。彼のすることはすべて、彼自身の判断しうる限りでは、法を守る市民としておこなっていることだった。彼自身警察でも法廷でもくりかえし言っているように、彼は自分の義務をおこなった。命令に従っただけでなく、法律にも従ったのだ。（原著一三五頁、邦訳一〇七頁に準拠）。

この洞察は二十一世紀の今日、イラクやアフガニスタンの体験を語るティモシー・クドー大佐が「そこが狂気にみちみちた戦場である限り、撃たれたら撃ち返すのは、たとえ倫理的には受け入れがたくとも、法律的には立派に正当化される」と述べたこととも絶妙に通じている。人間的な存在論的アイデンティティよりは非人間的な法的メカニズムを優先させたところに、モダニズムが時として全体主義とも相性がいいと言われるゆえんを求めることもできる。

そして第三点、アイヒマンがナチス・ドイツのホロコーストのさいに生まれた特殊な人格ではなく一定の普遍性をもつことについて。アーレント前掲書が第七章から第八章にかけて考察したように、アイヒマンの原型にはもともとイエス・キリストを十字架刑に処したポンショ・ピラトがおり、そこにクドーの論理を絡めると、現在でもブッシュやオバマにまで通底する伝統であるのが判明しよう。ここでもアーレントの洞察が優れているのは疑うべくもない。

ポンショ・ピラトは、もともとローマ皇帝ティベリウスによって覇権された属州ユダヤの第五代総督であり、騎士身分であった。在職期間は西暦二六年から三六年までの十年間。ユダヤ教文献においてその性格が頑迷にして冷酷、固陋であったと形容されているのは、神殿金庫を略奪し、ガリラヤ人の虐殺を行ない、さらにはサマリア人指導者をも虐殺して訴えられ、とうとうローマ帰還を余儀なくされるに至ったためである。伝承ではピラトがのちにローマ皇帝からイエス処刑のかどで処罰されたとされるが、厳密なローマ法に照らせば、総督には最高法院にも束縛されぬ自由な審理と判決の裁量が許されていたため、ピラト本人が処罰されるいわれはない。むしろ問題なのは、のちに「ローマン・カトリック」が成立する起源となる三二五年に開かれたニケア公会議において、もともと異教徒であったコンスタンティヌス帝自身がキリスト教徒に改宗してキリスト教正統を決定したがために、後世がピラトをかばい、最終責任をユダヤ教徒へ転嫁しようとする言説を編み出したことだ。現在の使徒信経にもイエス・キリストが「ポンショ・ピラトのもとにて苦しみを受け、十字架につけられ、死して葬られ」という一節がミサで唱えられているものの、まったく同時に、使徒言行録や共観福音書にも見られるとおり「ピラトがすでにイエスを釈放しようと決めていた」にもかかわらず民衆がイエス処刑を強要したのだという言説がいまも根強いのは、そのためである。そこから、イエス処刑によって皇帝ティベリウスから処罰を受けたとか、ピラト自身がすでに存命中に内面ではキリスト教への信仰を告白していたとかいったアンビバレントにして歴史改竄的な伝説が導き出されたのであり、それを承けた現代のハリウッド映画でも、ポンショ・ピラトを優柔不断にしてハムレット的に苦悩する総督として描くことが多い。

だが、歴史的にみれば、イエス存命中にはユダヤ教批判はともかく、まだキリスト教そのもの、聖書正典そのものが成立していないのだ。ピラトがイエスを「ユダヤ人の王」と呼ぶ弟子たち、信奉者たちに憤慨した周囲の律法学者をはじめとする多くの批判者の意見に耳を傾け、テロリズムの危機を回避しようとしたがために、結果的に救世主を犯罪人に仕立て上げたのは、自然な成り行きであった。それはピラトが無能で優柔不断な政治家だったからではなく、むしろあまりに優秀で能力の高い官僚であったがために民衆の一般意志を実現し、共同体に暴虐がもたらされぬよう計らった結果にすぎない。その点で、ピラトの官僚的卓越性はアイヒマンの官僚的卓越性をも裏書きしよう。

そう再定義してティモシー・クドー大佐の結論を再び読み直すと、いっそう感慨は深まっていく。

ジョージ・W・ブッシュ大統領やバラク・オバマ大統領の戦争責任を問うつもりはない。つまるところ、われわれが選んだ指導者たちにしても、命令に従っているだけなのであろうから。その点では、大統領であろうとも、冒頭に示したごとく、このわたしに道端で穴堀りしている連中を射殺していいかと尋ねてきた海兵隊員といささかも変わるところがないのである。

全体主義の恐怖は今日のグローバル時代における戦争の恐怖ともつながるが、わたしが興味を覚えるのは、その結果導き出された全体的理念を疑うポール・ド・マンらの脱構築が生まれるヒントには、ほかならぬアーレントの革命思想があったのではないかということだ。ド・マンの記念すべき論考「時間性の修辞学」(一九六九年)においては超越的で全体的、無時間的なシンボルに対し世俗的で断片的、時間的なアレゴリーの優位が主張され、それがアイロニーと双子の関係にあるのが示されるが、それは政治的な全体主義を修辞学的な脱構築によって乗り越えようとする身振りにほかならない。しかも、ド・マンの独創にして十八番とすら目されている修辞学的読解《レトリカル・リーディング》の技法ひとつにしても、すでに一九六二年に出版されたアーレントの『革命について』において先鞭がつけられている。そこには、こんな再定義が展開されているのだ。

「革命」(revolution)という言葉は、もともと天文学上の用語であり、コペルニクスのいう天体の回転(De revolutionibus orbium coelestium)によって自然科学で重要性を増していた。この言葉の正確なラテン語の意味は、このような科学上の用語法のなかに表現されており、天体の周期的で合法則的な回転運動を意味していた。この運動は、人間の力を超えており、したがって抵抗できないものであることが知られていたので、もちろん、新しさとか暴力をその特徴としたものではなかった。(中略)

「革命」(revolution)という言葉がもともとは復古(restoration)を意味し、したがって、われわれには革命のまったく正反対と思われる事柄を意味するという事実は、たんなる意味論の遊びではない。実際、今日では新しい精神――近代の精神――の証拠をすべて示していると思われている十七世紀と十八世紀の革命は、復古をめざしていた。（中略）
いまここで進められている議論の目的からすると、そしてとくに、近代革命のもっともとらえどころのない、しかしもっとも印象的な面、つまり革命精神を理解しようというわれわれの究極的な努力からすると、忘れてならない重要なことは、新しさの概念自体は、それ自体としては革命以前にも存在していたにもかかわらず、革命の過程ではそれが、そもそものはじめから根本的に欠けていたということである。（中略）
「革命」という言葉がはじめて、復古的な回転運動の含みをもたずにもっぱらその不可抗力性だけが強調されて用いられた正確な日をわれわれは知っているし、知っていると信じている。
（中略）
この日とは、一七八九年七月十四日の夜のことであった。この日の夜、ルイ十六世は、パリでラ・ロシュフコー＝リアンクール公爵からバスティーユが陥落し囚人が何人か解放されたこと、民衆の攻撃の前に国王の軍が敗北を喫したことなどを聞いたのである。この王と使者のあいだにとりかわされた有名な対話は非常に簡単なものであったが、非常に示唆的である。王は「これは反乱［revolt］だ」と叫んだという。するとリアンクールは王の誤りを訂正した。「いいえ陛下、これは革命［revolution］です」。革命という言葉が、依然として――政治的にはこれが最後であるが――天空から地上へとその意味を移しただけの古い比喩の意味で使われていることがわかる。しかし、ここで、おそらくははじめてであろうが、その強調点が周期的な回転運動の合法則性からその不可抗力性に移っているのである。（中略）リアンクールは、起こった事柄は取り返しのつかないものであり、一国王の力を超えているものだと返答したのであった。
（『革命について』第四章〜第五章、原著 三二—三三頁&三六—三八頁、邦訳 五七—五九頁&六三—六六頁）

ここに見られる「革命」の語源学とその変容は、まさしくアーレント自身が存在論的地平から修辞学的地平への推移を意識したプレ脱構築的読解の成果にほかならない。右のバスティーユ陥落、すなわちフランス革命勃発という歴史的一瞬において、旧来では自然科学的な合法則性に準拠していた回転運動“revolution”が、もはや回帰することなく決して引き返すことのできぬ不可抗力の政治的革新“revolution”へと意味を変容させる。人間が革命を起こすというよりも、言語《シニフィアン》が旧来帯びていた意味《シニフィエ》を逆転してしまい、それによって歴史が転回していくいきさつを、アーレントはみごとなまでに喝破した。アーレントは『全体主義の起原』（一九五一年）において、十九世紀の反ユダヤ主義がナチズムやスターリニズムを引き起こし、それこそが動機も思慮もなくただただ機械的に展開するホロコーストを、すなわちのちに『イェルサレムのアイヒマン』（一九六三年）で「陳腐なる悪」と形容する全体主義の反人間主義メカニズムを成立させたのだと透視したが、一方、イエール学派の領袖となりおおせたド・マンが『読むことのアレゴリー』（一九七九年）においてシンボルの全体主義を突き崩すアレゴリーを優先させ、エクリチュールがたえず伴う記号表現《シニフィアン》の暴力的な戯れこそが人間的主体に対し「一種の四肢切断ないし斬首か去勢として体験される」（原著最終章）と主張したのは、決して偶然ではない。アーレントが革命思想の思弁から言語の脱修辞的スピーチアクトに立ち至り、アイヒマンをも部品の一環とするホロコースト機械のメカニズムを記述することで実存主義の限界を突破したとしたら、ド・マンは言語そのものが人間的主体に対して読むことの快楽どころか身体損傷にも似た苦境をもたらすメカニズムを記述することにより構造主義の限界を突き抜けようと試みたのだ。

ならば、そうした思想的転回がいかにして可能となったのか。本稿では、その背後で、いかに戦後のニューヨーク知識人集団の脈絡が介在し影響していたかを検証する。

第二章　ある亡命ジャーナリストの肖像

もちろん、二十一世紀現在の全地球的テロ多発情勢のうちに亡命ユダヤ系知識人ハンナ・アーレントが『イェルサレムのアイヒマン』で示した民族虐殺を正当化する存在論的メカニズムと、彼女とはまったく逆の反ユダヤ主義に加担した亡命ベルギー人ポール・ド・マンが『読むことのアレゴリー』で示した人間抹消を合理化する言語論的メカニズムは、一見したところ縁もゆかりもないかのように映るかもしれない。けれども、このふたりのヨーロッパ人の亡命を手助けしたのが、戦後アメリカ文壇のフェミニスト作家・批評家として名高いメアリ・マッカーシーだったことを改めて認識するならば、アーレントが一見そう映る以上に修辞学的意識を備え、ド・マンが一見そう映る以上に存在論的過去を引きずっていたいきさつは、決して放置しておくわけにはいかない。何よりも、このまったく対照的なふたりがメアリ・マッカーシーの内部ではそろって輝かしく受け止められていたことは、たんに彼女が人文学的才能を見出す名伯楽であったという以上の意味がある。

ふりかえってみよう。アーレントが一九〇六年ドイツ生まれ（一九七五年没）、ド・マンが一九一九年ベルギー生まれ（一九八三年没）であるいっぽう、メアリ・マッカーシーは一九一二年、北米はワシントン州シアトルに生を享ける（一九八九年没）。父方の伝統でカトリックの洗礼を受けるが、母方のほうにはユダヤ人の血も入っていた。六歳のころ、幼くして両親を亡くしたため、三人の弟たちともども親戚の夫妻に預けられ、そのあいだ法外な虐待を受けるも、十一歳のときには優しく寛大な母方の祖父母に引き取られる。以後、知的にも性的にも早熟にしてアメリカ文学史に確固たる足跡を残した彼女の人となりを表現するならば、恋多き知識人と呼ぶほかない。彼女は、一九六三年に出版し映画化もされたベストセラー小説『グループ』の舞台になった名門女子大ヴァッサー大学《カレッジ》に入学し、のちに詩人として大成するエリザベス・ビショップらと文芸雑誌を創刊し健筆をふるいはじめ、卒業後には一流誌〈ニュー・リパブリック〉〈ネイション〉で批評家としてデビューするも、まったく同じころには劇作家のハロルド・ジョンスラッドと結婚し、三年後にスピード離婚している。二十四歳のときである。以後はグリニッチ・ヴィレッジに居を定め、ニューヨーク知識人の牙城と言ってもよい〈パーティザン・レビュー〉の編集長フィリップ・ラーヴと同棲を開始。ラーヴは一九〇八年ウクライナ生まれ（一九七三年没）のユダヤ系移民にして共産党員でもあるバリバリのマルクス主義系批評家だが、我が国のアメリカ文学研究では彼独自の理論「白い顔《ペイル・フェイス》と赤い肌《レッド・スキン》」、すなわちヨーロッパ白人系青白きインテリの類型とアメリカ原住民系筋肉隆々フロンティアズマン風の類型を編み出したことで知られ、それを収めた一九六九年の著書『文学と直感』（邦訳・研究社）は、わが国でも広く読まれた（わたし自身、たとえば教室で初期アメリカ作家ワシントン・アーヴィングの名作短篇「スリーピー・ホロウの伝説」を読むときには、東部の青白きインテリ教師イカバッド・クレインと彼の恋敵にして筋骨隆々のブロム・ボーンズの対比には、まさしく「白い顔《ペイル・フェイス》と赤い肌《レッド・スキン》」の図式がそっくりあてはまるため、大いに重宝したものだ）。ラーヴはのちにノーベル文学賞受賞作家となるソール・ベローを育て、ジョン・チーヴァーらと全米図書賞の審査員も務め、さらにはブランダイス大学で教鞭を執っている。

だが、メアリ・マッカーシーが再婚を決意した相手は、ラーヴではなく、同じ〈パーティザン・レビュー〉の常連寄稿者にしてF・スコット・フィッツジェラルドの親友、そしてまぎれもなくモダニズム以降に出現したアメリカ最大の文芸批評家エドマンド・ウィルソンであった。一九三八年のことである。時にメアリは二十六歳。ウィルソンは一八九五年生まれだから四十三歳で、双方ともに離婚歴があった。ウィルソンの家庭内暴力も災いしてこの結婚は八年間しか続かず、一九四六年には二度目の離婚を経験するが、しかし結婚の年に生まれた長男ルール・キンボール・ウィルソンはのちに日本人女性と結婚し、その妻ウィルソン夏子は姑をめぐる回想録『メアリ・マッカーシー――わが義母の思い出』（未来社、一九九六年）を公刊するに至る。

メアリはウィルソンとの離婚後にも二度の再婚をくりかえすので生涯に四回結婚したことになるが、しかしこのウィルソンとの結婚生活が文学者マッカーシーを形成したのはまちがいない。彼の示唆が刺激となったからこそ彼女は一九三九年に小説家デビューを飾ったのだし、一九四五年にはバード大学《カレッジ》で、一九四八年からはヴァッサーと並ぶ名門女子校サラ・ローレンス大学《カレッジ》で教壇に立つようになり、ひいては一九四八年にニューヨーク知識人から成る「ヨーロッパ・アメリカ・グループ」を組織してヨーロッパの知識人支援に乗り出している。

もちろん、以後の四十年というもの、彼女は大西洋を股にかけた活躍を続け、ヴェトナム戦争やウォーターゲート疑獄に関しても徹底取材のうえ重要な仕事を残しているが、しかし本書の枠内においては、とりあえず以上の時点に至る経歴で充分である。というのも、まさにウィルソンと結婚していた期間にあたる、終戦の直前一九四四年に、ドイツからアメリカへ亡命を遂げたユダヤ系思想家ハンナ・アーレントと知り合い無二の親友になるのだし、一九四六年の離婚後一九四八年にはベルギーから元ナチス・ドイツ協力者の経歴を隠して亡命してきた文学青年ポール・ド・マンと懇意になり、彼女自身の職場であったバード大学への就職を世話するに至るのだから。

アーレントはマールブルク大学ではマルティン・ハイデッガー、ハイデルブルク大学でカール・ヤスパースといった当代ドイツでは第一級の実存主義哲学者の薫陶を受け、一九二九年には博士号請求論文『アウグスティヌスにおける愛の概念』を公刊するのみならず、ナチズムの台頭に圧されて三三年に亡命したパリにおいては、アレクサンドル・コジェーヴやジャン・ポール・サルトル、アルベール・カミュ、そしてとりわけヴァルター・ベンヤミンとも親しく交友した経歴がある。師匠ハイデッガーとの恋愛を精算しギュンター・シュテルンと結婚するがそれも崩壊。しかしパリ時代に生涯の伴侶ハインリッヒ・ブリュッヒャーと出会って再婚し、ともに一九四〇年にアメリカへ亡命する。以降の彼女は、スターリニズムとは切れたかたちの社会主義を標榜する〈パーティザン・レビュー〉の仲間たち、すなわちニューヨーク知識人とたちまち親交を深めていく。したがってメアリ・マッカーシーと知り合うのは時間の問題であった。とりわけメアリが知的ユートピアを夢見ながら失敗に終わった「ヨーロッパ・アメリカ・グループ」のことを素材にし、元恋人ラーヴを偽善者に仕立て上げた小説『オアシス』(一九四九年)に対して、アーレントは賞賛を惜しまなかった。

アメリカ亡命時、一九四〇年時点でのアーレントがすでに一定の名声を得た三十四歳、新進気鋭の政治哲学者だったのに対して、ヨーロッパをあとにした一九四八年時点でのド・マンのほうは二十八歳、まだ海のものとも山のものともつかない無名の青年にすぎない。彼が生を享けたベルギーはアントワープの裕福な中産階級家庭は、厳格にして酷薄な祖父アドルフ・ド・マンの代からフリーメイソンと密接だった。それはド・マン家がカトリック国家ベルギーにおける抵抗勢力に与し、基本的に理性の原理の下、あらゆる宗教から自由であろうとする啓蒙主義的精神史を培ってきたことを意味する。そんな祖父に徹底して反逆した伯父のヘンドリック(アンリ)・ド・マンは、ベルギー労働党の指導者のひとりとして国王レオポルド三世のお目付役を務めるも、ドイツによるベルギー占領下では民主主義にも労働者にも絶望のあまり親ナチの姿勢を見せ、ファシズムと反ユダヤ主義をあらわにした。しかし、小さいころから甥のポールがこの伯父に憧れていたこともまた、事実なのである。アメリカ亡命後、とりわけ六〇年代にコーネル大学の教壇に立っていたころには、伯父のことを訊かれて「実の父」と騙ったという記録も残っている。

ポールはブリュッセル自由大学で理系の教育を受け、やがて哲学専攻へと路線変更するが、戦争が大学を封鎖し勉学を中断してしまう。とりわけ四〇年の暮れ以降、伯父の影響下、反ユダヤ主義の論調を含む対独協力的な記事の寄稿家として〈ル・ソワール〉紙で活躍した経歴は、亡命後の人生においても影響し、没年である一九八三年から四年を経ると、アメリカ文学批評史上のスキャンダルを巻き起こすことになる。

かてて加えて、戦後直後の時点では、父ボブ・ド・マンや友人たちとベルギーで出版社エルメスを興すも、架空の出版物の捏造を手始めに少なからぬ詐欺まがいの事件を起こし訴訟沙汰になっている。したがって、彼の亡命はまさしく夜逃げ同然のお尋ね者というステイタスであった。しかも、東欧はグルジアの首都トビリシに生まれルーマニアで育った最初の妻アネイド(アン)・バラジアンとのあいだには三人もの子供をもうけていたにもかかわらず、まずは妻子をアンの両親の住むアルゼンチンへ送り、いずれアメリカへ迎え入れると言いながら、以後は再婚ならぬ重婚を犯して、ついぞ公約を果たすことがない。そう、戦争の終わりは最初の妻との結婚生活そのものの終わりをも意味したのだ。このころのポール・ド・マンの野心はあまりにもはっきりしている。旧世界ヨーロッパで崩壊してしまった自己を新天地アメリカにて新たに造り上げること、すなわち、惨憺たる荒地から這い上がるために嘘をつき続けても自分自身を再発明すること、これである。

　具体的には、一九四七年に一度、出版社エルメスの事業拡張を狙って訪米するも、数々の不祥事を引き起こしてしまい収拾しえなくなったポール・ド・マンは、翌年一九四八年五月二十一日のこと、父が入手してくれたヴィザを頼りに、貨物船エイムズ・ヴィクトリー号のたった三名の乗客のひとりとしてヨーロッパを発ち、その八日後、五月二十九日にニューヨークへ到着した。彼は亡命当初、ニューヨークはグランド・セントラル駅一階構内に位置するダブルデイ＝ドーラン書店に陳列商品補充係《ストック・ボーイ》の職を得る。祖国ベルギーでは出版社経営まで行なっていた青年にしてみれば、屈辱的な就職条件だったかもしれない。だが、まさにこの書店こそが、彼とニューヨーク知識人とを切り結ぶ場所となったのだ。

　げんに前掲「ヨーロッパ・アメリカ・グループ」の中心人物にして雑誌〈ポリティクス〉や〈パーティザン・レビュー〉の編集でも辣腕をふるったドワイト・マクドナルドは、おそらくはダブルデイ＝ドーラン書店で交わした会話に感銘を受けたのであろう、一九四八年の暮れまでにはポール・ド・マンの名前を彼の承認する知識人リストに書き留めている。このとき初めて、ド・マンの名前はヨーロッパ系知識人ハンナ・アーレントやブルーノ・ベッテルハイムと並ぶ。アメリカ系知識人としてリストに含まれていたのはライオネル・トリリングやアーヴィング・ハウ、ハロルド・ローゼンバーグといったそうそうたる大物批評家たちであったことから見ても、ここでド・マンは確実にアメリカにおけるジャーナリズムへの第一歩を踏み出したと考えてよい。

〈パーティザン・レビュー〉は一九三四年に創刊され、その二年後の休刊をはさみつつ、一九三七年に復刊する。この復刊時に編集の実権を握ったのが、前掲フィリップ・ラーヴとウィリアム・フィリップスであり、スタッフとして一時加わっていたのが前掲マクドナルドだった。同誌はマルクス主義系社会主義から出発したものの反スターリン主義、歴史主義、そしてモダニズムの伝統を担い、ヨーロッパの最新思潮を鋭敏に取り入れ、いわゆるアメリカ南部農本主義をベースとする審美主義的な新批評《ニュー・クリティシズム》のアカデミズムとも袂を分かつ反体制的ジャーナリズムの姿勢を貫いた。

クリストフ・シャルルが一九九〇年に刊行した比較社会史的研究『「知識人」の誕生——一八八〇—一九〇〇』(白鳥義彦訳、藤原書店、二〇〇六年)によれば、そもそも今日われわれが自明な存在と見なす知識人の歴史の始まりは、一八九四年に第三共和制のフランスで起こった「ドレフュス事件」に求められる。それは、ユダヤ系の将校ドレフュス大尉が軍の機密を記した「明細書」をドイツへ流したというスパイ容疑で逮捕され、えんえんと裁判が行なわれるも、肝心の文書が偽造のためドレフュスは冤罪と決まり、名誉回復がなされるまで八年もの歳月を要した事件であった。その真相をめぐっては、普仏戦争に付随する反ドイツ感情ゆえにドレフュスがスケープゴートにされたのだという説もあれば、それこそハンナ・アーレントが『全体主義の起原』(一九五一年)で説くように、それはじつは、パナマ運河疑獄にユダヤ人がからんでいたことの余波なのだという説も根強い。いずれにせよ、その結果として、ドレフュス派が民主主義に基づき真実を明らかにするという大義名分を掲げるいっぽう、反ドレフュス派はそれ以上に国家を中心にした秩序の維持を優先させるという対立が露呈する。前者に与する自然主義作家エミール・ゾラは一八九八年にドレフュス再審を求める宣言「われ弾劾す」を発表、その賛同者の署名運動が後者の陣営より「知識人の抗議文」と呼ばれたところから、今日わたしたちが親しんでいる「知識人」が成立する。先行する「文人」の役割を発展させながら、ときに「エリート」とも対立しつつ「真のエリート」を自負する新しい階級がそこに誕生したのだ。しかしそれから半世紀近くを経た戦後のニューヨークにおいては、社会への批判的態度を備え、既成の制度に対するアウトサイダー的距離を保持し、さらには政治への深い関心を抱く文学者たち、思想家たちがアメリカ独自の知識人集団として勃興したのである。

ここでひとつ注目すべきなのは、彼らニューヨーク知識人の主体が、その全員とは言わずとも、ユダヤ系であったことだ。トリリングもグリーンバーグもライオネル・エイベルもアルフレッド・ケイジンもレズリー・フィードラーもソール・ベローも、そして誰より編集主幹といえるラーヴやフィリップス、ハウがそうであった。ニューヨーク知識人とは、ユダヤ系文学者を中心として彼らの友人たちである白人系文学者が強固なタッグを組んだ集団だったのである。ところが戦時中、とりわけ一九三九年から四三年にかけてのあいだにベルギーにおける〈ル・ソワール〉紙ほかのジャーナリズムにおいて、ド・マンはこんな反ユダヤ主義的言説を残した――「ユダヤ人たちは現代文学の創造者であったと主張することはできないし、現代文学の発展に圧倒的な影響を与えたと主張することすらできないであろう」「ヨーロッパ人の生活のあらゆる局面にユダヤ的な干渉があったにもかかわらず、われわれの文明はその完全な独自性と特質を維持することで、その根本性質が健全なものであることを立証したのである」「西洋の文学生活はけっきょく、つまらない価値しかもたないいくつかの平凡な個性を失うだけで、これまで同様、自らの偉大な進化的法則に従って発展しつづけていくことであろう」(「現代文学におけるユダヤ人」、『ル・ソワール』一九四一年三月四日付、土田知則訳、『思想』二〇〇六年一二月号、九六―九八頁)。したがって、ユダヤ系の多いニューヨーク知識人たちの前で、彼が過去についていっさい口をつぐんだのは当然である。昨今のド・マン研究では、彼が戦時中にユダヤ系の友人たちに仕事を世話したりかくまったりした過去や、アメリカ亡命後、とりわけ一九五〇年代以後にハーヴァード大学を皮切りに歩み始めるアカデミズムにおいて彼が親しくしていたのはユダヤ系ばかりだったといった経歴が強調されるが(マーティン・マックィラン『ポール・ド・マンの思想』第六章)、考えてもみてほしい、終戦直後、ニューヨーク到着直後の時点においてのド・マンは、わたしたちがアメリカ文学批評史において熟知するド・マンにはまだまだなりおおせていない別人である。このころの彼はつてを頼ってパーク・アヴェニュー沿いの東六一丁目にアパートを見つけたばかりで、身の振り方などいっさい決まっていなかったものの、文学的野心にだけは燃えていた二十八歳の移民青年にすぎない。そんな彼が、自身の過去をいっさい隠しても、まずは当時ユダヤ系文学者を中心に一大勢力をなしていたニューヨーク知識人たちのジャーナリズムに関与するところから始めよう、人生を再出発しようと考えたのは、必然であった。ド・マンもまた、アメリカの夢を見たのである。

その第一歩は、彼がニューヨークに到着してまだ数週間というのに、早くも一九四八年六月の時点で〈パーティザン・レビュー〉の編集中枢を担うウィリアム・フィリップスとコンタクトを図ったことだ。ド・マンは戦時中から戦後にかけて雌伏することになるベルギーはカルムトハウトの村で、知的なアメリカ兵デイヴィッド・ブレイブルックと知り合い親友となり、さまざまな議論を交わすうちに、この青年を通じて同誌の非マルクス主義的な左翼的性格を聞き及ぶ。そしてド・マンは、同誌の方向性がフランスやベルギーにおいて自身が親しんできた思想潮流と合致する限り、自分を売り込めるのではないかと判断したのだ。彼はさっそく、ニューヨーク劇場街として著名なブロードウェイはタイムズ・スクエアに位置する〈パーティザン・レビュー〉編集部へ足を運ぶ。

ところが、フィリップスという男が難物だった。それは必ずしも彼が知的に手強かったということを意味しない。それどころか、彼は英語以外は解さなかったし、ド・マンの詳しいヨーロッパの現代思想にしても、すでに副編集長ウィリアム・バレットの手で〈パーティザン・レビュー〉一九四六年の号でフランス特集号を組み、サルトルやカミュに焦点を当てていた。しかも、これが一番肝心なのだが、若き日にはブロンドでインテリジェンスに富んだこの美青年が誇っていたであろうカリスマ性が、フィリップスにはまったく通用しなかったのだ。ド・マンはフィリップス宛の一九四八年六月二十二日付書簡でこのように書いている。

「ここに同封した拙論で語っているフランス文学の重要な一側面は、貴誌が当然注目すべきにもかかわらずこれまで扱ってこられなかったものです。この主題をめぐる論考は、わたしが書いた一連のアメリカ文学系論考と軌を一にしており、そちらのほうはフランスの批評誌〈クリティーク〉に掲載が予定されています。これを序章として、同じ運動に属するバタイユやブランショ、ミショーらの論考をお届けしますが、彼らはみな〈パーティザン・レビュー〉にはぜひとも寄稿したいと意気込んでいます。拙稿はもともとフランス語で書いたため、ここに同封するのはその第一部の英訳です。おかしな文章かもしれませんが、いくらか有益な内容を含んでいるかもしれませんので、ご笑覧のほどを」（イヴリン・バリッシュ『ポール・ド・マンの二重生活』二二二頁に引用）。

ここでド・マンが「アメリカ文学系論考」を語っているのは奇妙どころか眉唾ものと映るかもしれないけれども、彼が一九四三年より三年間、カルムトハウトの村に仲間たちと身を隠していた折に、サルトルやカミュが絶賛し、一九四一年にはフランス語版の出ていたハーマン・メルヴィルの『白鯨』をフラマン語に翻訳し、四五年には出版へ漕ぎつけていたことは強調しておいてかまうまい。ド・マンは『白鯨』に夢中になるあまり、老若男女を問わず村人たちにその物語を何度となく話して聞かせたため、しまいには彼自身の不在のときであっても、仲間たちが『白鯨』の話をするほどであったという。イヴリン・バリッシュは、まさにそうした語りの才能こそは、のちにイエール大学とともにアメリカのアカデミズムを代表する教授として多くの追従者を従えるカリスマの芽生えではなかったかと推測している（バリッシュ 一八〇頁）。

ただし、この時点でのド・マンは将来の自分が大学教授となり学者批評家としてアカデミズムで名を成すなどとは夢にも思っておらず、ダブルデイ＝ドーラン書店の従業員という立場を活かしてアメリカ流の書籍流通を学び、ヨーロッパ系文学者の出版代理人《エージェント》を務められればよいと考えていた。したがって、こうした売り込みにもジャーナリズム参入を意識したハッタリをかましている。自身の論考が〈クリティーク〉に掲載予定などというのは真っ赤な嘘で、その論考は五年後にならなければ活字にもならないのだから。しかし、彼がいくら力説しても、フィリップスにとってフランス文学の主流はサルトルとカミュであり、ド・マンが推すバタイユやブランショは当時のアメリカ文壇ではまだほとんど知られていなかったのである。

かくしてフィリップス攻略は失敗した。けれども、血気盛んなド・マンは断じて諦めることなく、ひとつの奇策を練る。そのターゲットに定めたのが、フィリップスの盟友のひとりで、一九四四年からはもうひとつの批評誌〈ポリティクス〉を創刊していたドワイト・マクドナルドだ。ここで、以後の論考群を見る限り、ほとんどアジアには関わらないかのように受け止められてきたド・マンが、アメリカ作家ジョン・ハーシーをめぐるジョルジュ・バタイユの批評を通して、何と日本とほんのわずか袖触れ合う。ハーシーがアメリカ合衆国による日本への原爆投下の被害者たちに取材したルポルタージュ『ヒロシマ』(一九四六年、石川欣一・谷本清訳が法政大学出版局。一九四九年/一九七一年)は国際的反響を呼び、それに対してド・マンの敬愛してやまぬバタイユは長文書評「ヒロシマの人々の物語」を〈クリティーク〉一九四七年一&二月合併号に発表した(原著一九四七年、酒井健訳、景文館書店、二〇一五年)。バタイユが蕩尽の思想家であり、理性を徹底したところで西欧合理主義の限界を突破しようと目論んでいたのは広く知られるが、原爆投下に関しても、バタイユは基本的に核兵器を弾劾しつつ、最も強烈な苦悩/喪失こそが真理を開示する至高の瞬間をもたらすという自身の論理を適用し、この考察もまた多くの言語に翻訳された。さて、ド・マンが目をつけたのは、この長文書評がマクドナルドの編集する〈ポリティクス〉一九四七年七&八月合併号に無断で英訳のうえ転載された事実である。彼は自らバタイユのアメリカにおける出版代理人《エージェント》を買って出るとともに、この無断英訳事件をこっそりバタイユの耳に入れた。そう、ここでもまた、ヒロシマという名の廃墟を私利私欲のために、しかもバタイユの版権問題という法律を楯に、ド・マンはまんまと戦後ニューヨークへと盗み出したのだ。原著者が怒ったのは当然である。かくしてバタイユはマクドナルド宛の一九四八年七月三十一日付書簡において、表面上は礼節を守り自身の批評の翻訳掲載に感謝を表明しつつも、こう記す。

「それにしても、いささか口にするのもはしたないことではありますが、貴兄は原著者であるわたしへの印税支払いをお忘れではないでしょうか？　どうぞ代理人のポール・ド・マン氏へ小切手をお送りください。住所は下記です。ニューヨーク六二丁目、東一一〇番地」（バリッシュ二二六頁に引用）。

この書簡においてバタイユは〈ポリティクス〉編集長の無作法へチクリとやるのみならず、彼の雑誌へさらなる寄稿をも約束するというアメムチを発揮したから、九月半ばにそれを一読したマクドナルドが興奮したのは言うまでもない。彼はさっそくバタイユに謝罪する。「ほんとうにお詫びの言葉もありません。このたびの失態はすべてわたし自身の怠慢と無作法によるものです。お申し越しのとおりド・マン氏に二〇ドルの小切手を送ります」。その翌月、マクドナルドとついに面会を遂げたド・

マンはまんまと小切手を手に入れるばかりか、大いに意気投合した。報告を受けたバタイユはこう書いた。「貴兄がポール・ド・マンとお会いになったと聞き、うれしい限りです。彼はわたしの大好きな人物ですから」（以上バリッシュ 二二六頁）。

のちに没後のポール・ド・マンは一九四一年ブリュッセルで発表した前掲対独協力論考「現代文学におけるユダヤ人」の末尾で本質的には亡命者救済策であるマダガスカル解決策を念頭に置きつつも「ヨーロッパから隔離された地にユダヤ人居留地を設営するというユダヤ人問題への解決策は、西洋の文学生活に少しも嘆かわしい結果をもたらさないことがわかるだろう」といささか曖昧に書き飛ばしたことにより、ナチス・ドイツのユダヤ人ホロコースト（最終解決策）問題へ間接的に加担した責任すら問われることになったけれども、一方、亡命後の一九四八年ニューヨークにおいては、ヒロシマというもうひとつのホロコーストをめぐるバタイユ論考をまんまと利用して自身の保身と出世を図ろうと画策したのは、何とも皮肉なめぐりあわせというほかない。彼は一九五一年六月二日にバード大学にて二度目の公開講演を行ない「文学の倫理性」をテーマに語ったが、そこでも伝統的な倫理を批判し、芸術こそ経済制度がもたらすその他の生産物に対してはるかに優越する形式であることを強調し、ひいては経済的な蕩尽を擁護して、文字どおりバタイユ理論の代弁者を演じた（バリッシュ 三二八頁）。のちに『文学と悪』（一九五七年）では文学の本質を悪に定め、それを徹底するところから倫理を超える地平、超倫理へ到達しようとしたこのフランス人思想家は、まさにド・マンにとって善悪に始まるすべての二項対立を突き崩す脱構築の霊感源だったにちがいない。

いずれにせよ、まだアメリカにおいて何者でもなかったド・マンが何とかニューヨーク文壇に食い入ろうとして編み出したこのときの奇策は、まさに手練れのジャーナリストとして業界を巧みに泳ぎ回ろうとする血気盛んな青年ポール・ド・マンの面目躍如といったところか。自分の上司たちに利するような案件を持ち出してその成就を手助けし、それによってさらに強力な援軍を獲得して、望む世界へのパスポートを手に入れること――それはド・マンがベルギー時代に培ったサバイバル技法が、アメリカ合衆国においても再び効果を発揮した瞬間であった。マクドナルドはフィリップスとは異なりヨーロッパへの関心が深く、〈パーティザン・レビュー〉の国際的展開を望んでいたから、ド・マンはいちど同誌自体のヨーロッパ向け代理人をも引き受ける約束すら交わしたほどだ。かくして彼はマクドナルドの手引きにより、この事件以後、いよいよニューヨーク知識人、別名「上流階級《アッパークラス》ボヘミアン」が好んで集まるグリニッチ・ヴィレッジへと案内されていく。

それにしても、すでに大西洋の両側において、伯父アンリ・ド・マンの対独協力と政治的失脚をめぐるスキャンダルは知れ渡っていたはずなのに、しかも甥のポール自身がナチス・ドイツの検閲のもと、対独協力的にして反ユダヤ主義的言説を含む署名記事を少なからず発表していたはずなのに、いったいどうして彼はニューヨーク知識人たちに受け入れられたのか？　これについて、イヴリン・バリッシュはアメリカ合衆国における彼ら知識人がヨーロッパからの亡命者を救援しヨーロッパ思想を吸収しようとする気運にありながらも、じっさいのところヨーロッパ史はおろかベルギーという国家の歴史についてはほとんど無知であったことを根拠に挙げる。そして、ド・マンは幼少期に愛した『三銃士』ごっこのなかでも二重スパイたる妖婦ミレディの役を自ら引き受けるに至ったのだと断定する（バリッシュ第二十四章、二三八頁）。まことに面白い解釈だが、わたしはむしろこの点にこそ、ド・

マン理論の中核があてはまると思う。マクドナルドはもちろんのこと、同じ仲間にはハンナ・アーレントもいたのだから、そもそもポール・ド・マンが対独協力者ヘンドリック・ド・マンの親族であるのを疑わないはずはない。にもかかわらず、おそらくは彼の知的で魅力的かつ情熱的な人柄により、ニューヨーク知識人たちはド・マンという記号表現《シニフィアン》が秘めるいささか胡散臭い記号内容《シニフィエ》を、わかってはいても見ようとはしなかったのだ。かくしてニューヨーク知識人たちはド・マンという記号表現の前に盲目となり、まさにそれゆえに彼を受け入れ、まさにそれゆえにアメリカ文学批評史を前進させる最も独創的な洞察を発揮したのではあるまいか。

　メアリ・マッカーシーもまた、同様にしてポール・ド・マンという若く聡明な美青年に対し、盲目になったことは想像に難くない。この段階ですでにハンナ・アーレントと親友になっていた彼女が、ド・マンという固有名の醸し出す悪名を知らなかったはずはないのだから。しかし、メアリの盲目はポールをニューヨーク知識人を主体としたジャーナリズムどころか、のちにポスト構造主義思想の理論化にも大いに関与する人文学系アカデミズムそのものの扉の中へ、招き入れたのである。

　一九四八年——二八歳のド・マンがニューヨークへ到着したその年は、奇しくも、ニューヨーク知識人の代表格ライオネル・トリリングがユダヤ人としては初めて、アイヴィー・リーグの名門コロンビア大学の英文学教授に正式に迎えられた記念すべき年でもあった。

第二章　リヴァーサイド恋物語

戦後アメリカ文学を語るさいにまっさきに前提とされるのは、もうひとりのマッカーシー、すなわちジョゼフ・マッカーシー上院議員が主導した共産主義者弾圧、いわゆる「赤狩り」である。それは一九四〇年代から五〇年代を一括りにする点でじつにわかりやすい図式だが、文学史的経済によってこぼれ落ちてしまう部分も少なくない。

とりわけ、ポール・ド・マンがアメリカ亡命した戦後直後、すなわち四〇年代後半の文学といったら、前掲ハーシーの『ヒロシマ』(一九四六年)を除けばロバート・ペン・ウォーレンの『オール・ザ・キングズメン』(一九四六年)、ソール・ベローの『犠牲者』(一九四七年)、テネシー・ウィリアムズの『欲望という名の電車』(一九四七年)、J・D・サリンジャーの『バナナフィッシュにうってつけの日』(一九四八年)、ノーマン・メイラーの『裸者と死者』(一九四八年)、トルーマン・カポーティの『遠い声、遠い部屋』(一九四八年)がランダムに列挙されるに留まる。ベローやサリンジャー、メイラーらユダヤ系作家の進出が目立つが、とくに一定の文学運動が巻き起こったようには見えない。一九二〇年代から三〇年代にかけてのロスト・ジェネレーションの作家たち、五〇年代に頭角を現すビート・ジェネレーションの作家たちの時代に比べると、一種のエアポケットのような期間に映るだろう。だが、それはたんに文学史が批評史と密接に切り結ぶかたちでは記述されて来なかった証左にすぎない。前述のとおり、モダニズム美学と反スターリニズム的政治学を弁証法的に止揚するニューヨーク知識人の運動は確実に開花していたのだから。ラーヴもトリリングもフィードラーも、政治的現実に目を背け文学的自律性を重んじる新批評の限界を突破しようと模索していた。ポール・ド・マンはそんな時代に、戦後の芸術と政治の最前衛を担うニューヨーク知識人の共同体へ、ついに足を踏み入れた。

その最大の舞台となったのが、〈パーティザン・レビュー〉〈ポリティクス〉両誌の中心人物にしてド・マンの価値を最初に見出したドワイト・マクドナルド家のパーティである。所在地はもちろん、ニューヨーク文化がたえず沸き起こるグリニッチ・ヴィレッジ。ニューヨーク大学とワシントン広場の周辺を取り巻くこの区画一帯は、かつて十九世紀にはかのエドガー・アラン・ポーが、マーク・トウェインが、ヘンリー・ジェイムズが健筆をふるった地域としても知られる。そして一九四〇年代後半には、東十丁目はセント・マークス・イン・ザ・バワリー教会に面した瀟洒な赤レンガ造りのマクドナルド家こそは、戦後、ニューヨーク知識人のみならずヨーロッパ系文学者たちも頻繁に立ち寄るサロンとなった。一九一〇年代から二〇年代にかけて、かのモダニズム芸術の女帝ガートルード・スタインがパリの自宅をサロンとして解放し、そこにエリオットやパウンド、ヘミングウェイやフィッツジェラルド、それにピカソやサティまでが入り浸っていたように、四〇年代ニューヨークではマクドナルド家こそが新たな文化の震源地たるサロンと化し、エリオットやメイラーのみならずサルトルやボーヴォワール、さらにはシャガールまでが表敬訪問するようになっており、そこにもまぎれもない新たな女帝がいたのだ——そう、メアリ・マッカーシーその人である。

時は一九四八年初秋、すっかりド・マンと打ち解けたマクドナルドは初めて彼を自宅のパーティに招く。例によってその広い居間から寝室までを解放し三十名から八十名におよぶ著名人たちが入れ替わり立ち代わり酒を酌み交わしタバコをくゆらす談論風発のなかで、ド・マンに目を留めたメアリ・マッカーシーはたちまち彼を「友人」扱いするようになった。そのタイミングも運命的だった。というのも、この前年一九四七年までは、メアリの敬愛するヨーロッパの倫理的中核を届けてくれたのはアーレントとともに親しかったイタリア系亡命作家ニコラ・キアロモンテ(一九〇五年―七二年)であり、一度などはアーレントとキアロモンテが海辺で何ヶ月も散策しつつ語り合っているのに耳を傾けたメアリが「たったいまこの海辺で聞いているものこそはヨーロッパだ」と感銘を綴ったほどだったのだが、ちょうどその春に彼がフランスへ戻ってしまったのである。キアロモンテはムッソリーニのファシスト政権を批判してイタリアからフランスへ逃れ、スペイン内乱のさいにはフランコ政権とも戦った行動する文学者、いわゆるアクティヴィストであり、アンドレ・マルローに賞賛されカミュとも友人だった。その彼の不在を埋めるべく、一九四八年にマクドナルド夫妻やメアリ・マッカーシーらの主導のもと、戦後辛酸を嘗めているヨーロッパ知識人を支援すべく結成されたのが「ヨーロッパ・アメリカ・グループ」だったのだが、同組織内部でも派閥闘争が起こり、事の顛末は前述のとおり、のちに彼女自身がモデル小説『オアシス』(一九四九年)で風刺し関係者を憤慨させることになる。かくして、キアロモンテが去り、明らかに転換期を迎えていた仲間たちのうちで、彼とはまた一味も二味もちがう持ち味のド・マンが期待の星となったのだ。ド・マンはキアロモンテのように理想主義的なアクティヴィストでもなければ、ニューヨーク知識人のように騒々しく論争好きでもないが、いつも静かに微笑みながら何とも魅力的に肩をすくめてみせ、冷徹にして好奇心に満ちた知性を瞳にたたえて、もうひとつのヨーロッパを代表していた。メアリの友人や秘書たちによれば、彼女の好むタイプは基本的に漂泊者的でいかにも手を差し伸べたくなる存在であって、その対象がさらに金髪でヨーロッパ系であれば完璧であったから、ド・マンに惚れ込んだのも無理はないという(バリッシュ 二四四頁)。時折しも、第二次世界大戦において物心ともに崩壊してしまったヨーロッパと日本に対して、アメリカ合衆国は経済的に支援する責任感にかられたばかりか、新たな時代を造るイデオロギーをヨーロッパ系実存主義以降の思潮のうちに模索していた(キャロル・ブライトマン『危険な文学――メアリ・マッカーシーとその世界』[クラーックソン・ポッター、一九九二年]、二三二頁)。加えるに、ド・マンの二度目の夫人パトリシアによれば、メアリはとりわけ、彼が第一線のフランス系知識人の動向をめぐるゴシップに詳しいので、その話に夢中になっていたという(同頁)。かくして、一九四八年十一月十八日付で、ド・マンは「ヨーロッパ・アメリカ・グループ」の正式メンバーとして推挙され、ABC順のリストではアーレントやカミュのあと、ジェイムズ・ファレルやクレメント・グリーンバーグよりは手前のところにはっきりと登録されるに至る。

そして、その翌年六月にはもう、メアリ・マッカーシーは、ベルギー時代に何らかの文学的専門教育を受けたわけでもない亡命青年ド・マンに、自身が一九四六年から勤務するバード大学の教職を用意するのだ。彼女はちょうどフルブライト研究員としてヨーロッパでの在外研究が決まっていた同僚でブルガリア系移民のフランス語フランス文学教授アーティン・アーティニアンの代役として、この「若い友人」を強く推す。「ポール・ド・マンはベルギー系の知識人で、彼は文学のみならず政治学にも精通しており、優れた感性と知性と教養にあふれ、節度をわきまえた明朗な人物です」(アーティニアン宛一九四九年六月九日付書簡、バリッシュ 二五〇頁)。かくして彼はめでたくも大学の教壇へのパスポートを手にする。

バード大学《カレッジ》。ニューヨークはハドソン川沿いの町アナンデールに位置するこのリベラル・アーツ・カレッジの名門について、日本ではあまり知られていないかもしれない。そもそも大学というと大規模な総合大学の「ユニヴァーシティ」が主流の我が国では、アメリカにおいてはまったく別の水準で名門が居並ぶ私立の小規模大学「カレッジ」がいまひとつ理解されていないだろう。大学(ユニヴァーシティ)の中に一般教育課程から専門教育課程へ進む道が定められ、さらに学問を究めたい向きは大学院へ赴くというのが日本国内のシステムだからである。しかしアメリカの場合には、一般教育とも訳される幅広い科目としてのリベラル・アーツに特化した四年制の高等教育機関が併存しており、それこそがバードをもその一例とする大学(カレッジ)にほかならない。その起源は中世ヨーロッパにおける大学のリベラル・アーツ科目に求められる。当時は、古典の三科目である文法学、修辞学を習得して学士号を取り、論理学、算術、幾何学、天文学、自然科学、倫理学、形而上学を修めて修士号を得て、さらに専門を突き詰めたい向きは医学、法学、神学のいずれかに進んで博士号をめざすという歩みが一般的であった。そうした伝統を継ぎ、あくまで教養ある人間個人を育てることを主眼とした今日のリベラル・アーツ・カレッジは、時にあまりにも大量の学生を相手に民主主義の名の下に産業化を驀進するユニヴァーシティへの批判装置としても機能する。ふりかえってみれば、アメリカ文学史上の文豪ナサニエル・ホーソーンも詩聖ヘンリー・ワズワース・ロングフェローも、はたまた第十四代大統領フランクリン・ピアースも、ニューイングランドはメイン州の名門リベラル・アーツ・

カレッジの代表格ボードン大学《カレッジ》の同窓だ。そうした名門を出たのちにハーヴァード大学などアイヴィー・リーグ系大学院へ進学したりそこで教鞭を執ったりする若手も多い。げんにド・マンのイエール大学における高弟のひとりで本邦でも『差異の世界』などの邦訳のあるバーバラ・ジョンソン自身が、最初はリベラル・アーツ・カレッジのひとつオバーリン大学（我が国の桜美林大学の提携校）出身であり、イエール大学大学院で博士号を取得したのちには、ハーヴァード大学で教鞭を執っている。アメリカを代表する名門リベラル・アーツ系にはほかにもウィリアムズ大学、アマースト大学、スワスモア大学といったカレッジが目白押しだが、メアリ・マッカーシーその人が卒業し自身の小説『グループ』でモデルにするヴァッサー大学も、そして彼女が赴任しド・マンを招聘したバード大学も、まさにそうしたリベラル・アーツ系の名門教育機関に属する。とくにバード大学は、著名な黒人作家ラルフ・エリスンが教鞭を執り、人気ポップ・グループとして一世を風靡したスティーリー・ダンのドナルド・フェイゲンらが卒業したことでも知られる。

したがって、ド・マンの才能にも性格にもぞっこんだったメアリは彼の履歴書業績表についても人事委員会をパスしやすいように相当手を入れるのを厭わず、そこではド・マン自身の申告による架空の論文もリストアップされた。とはいえ、晩年のド・マンの代表的論文「理論への抵抗」にも明らかなように、彼の脱構築理論が古典の三教科のうちでも二十世紀にはもう顧みられなくなっていた修辞学を復興するところに本質があったとすれば、そうした人文学的教養を重視するリベラル・アーツ・カレッジから教歴を開始したことの意義は決して小さくない。

かくしてド・マンは、一九四九年十月十七日にバード大学における初回の授業を行ない、まんまとアーティニアンの代理教員におさまると、約束どおり前任者の担当科目と担当学生をそっくり引き継ぐ。週二科目を教え、七名分の個人指導を行なうという契約だ。ステイタスは講師（今日の基準でいう助教）、年俸は当時の平均年収に近い二四〇〇ドルが保証された。悪くない条件だろう（折しも一九四九年以降、一ドル三六〇円の時代に入るので、単純換算するとこの年俸は八六万四千円だが、これとほぼ同額で、クライスラーなど高級車一台が買えたと考えるとよい）。しかも、それから二ヶ月もしない十二月半ばまでには、ド・マンはたちまち若く学識にあふれ見栄えのよい新任教員として学生たちのあいだで人気を博し、学内における公開講演を依頼されたり学園新聞から取材されたりするほどの有名人となり、「バード大学の看板教師《ポスターボーイ》」（バリッシュ 二八二頁）と化していた。

だが、まさにその教室において、彼はフランス文学を専攻する女子学生パトリシア・ケリー（一九二七年―二〇〇四年）と道ならぬ恋に落ちる。授業が終わると、彼女はアーティニアン教授の代役教師も同様の助言を与えてくれるものと期待して研究室の扉を叩き、フルブライト留学生になるにはどうすればいいかという相談を持ちかけたのだ。ワシントンDCの旧家の伝統を継ぐ敏腕な女性弁護士ルーシー・ライトフット・ケリー・ウッズの娘として生まれたパトリシアは、母が激情的で酒癖も悪く何度となく離婚をくりかえしたがために、幼少期から長期間病院に放置されるなど、今日でいうネグレクト状態を余儀なくされたものの、バード大学へ入学したころにはきわめて美しく聡明かつ数ヶ国語に堪能、しかも長距離サイクリングでニカラグアまで行ってしまうほどの体育会系の娘に成長していた。すらりと背が高く金髪で玉を転がすような声で語るパトリシアに、ド・マンはたちまち夢中になった。彼女のほうにはいくぶんためらうところもあったが、やがてデートの誘いを受け、プロポーズも承諾している。ド・マン自身も学生たちに大人気の教師となったため、早くも同年十二月にはバード大学内における公開講演を行なっており、傍目からはプライベートでもアカデミズムでも前途洋々たるものだったであろう。時にポール・ド・マン三十歳、ついに第二の人生の展望をつかんだ瞬間だった。ここでパトリシアと華燭の典を挙げれば、彼はアメリカ合衆国における確固たる足場を得ることになるわけだし、じっさい以後の彼女は英語がネイティヴではなかったド・マンにとっては絶好の編集者兼校閲係として腕をふるうことになる。

だが、このふたりの恋愛と結婚は必ずしも朗報とはいえず、当初より多大なる波乱が予想されたのもまた、否めない。もしそれが実現すれば、少なからぬ人々が迷惑を被り怒り心頭に達するのは必至だった。

というのも、ド・マンはすでにベルギー時代の一九四四年にアン・バラジアンと結婚するばかりか、尊敬する伯父ヘンドリック・ド・マンにあやかりリックと命名した長男を筆頭に三人もの子供をもうけていたのだから。したがって、この当時のド・マンのふるまいは完全に二枚舌である。フランスにいる前任者アーティニアンに対しては、戦時中だったためアルゼンチンの実家にやっているアンたちにふれ「妻子とはアメリカで合流するつもりです」と語り、アンに向かっては「お洒落な先輩教授メアリ・マッカーシーたちに紹介するんだから豪勢な服を用意しておいで」と語っている。ところが現実には、パトリシアとの関係が深まっていたがために、メアリ・マッカーシーからの度重なるパーティの招待にもろくすっぽ応えていないころだった。

だが、すべてを明らかにすべき時は刻々と迫る。すでにパトリシアの妊娠も発覚していたのだから。

したがって、ひとまず彼女は家族にポールを紹介すべく、同年のクリスマスを母ルーシーと義父とが住むワシントンDCで過ごそうと決めた。既婚者の大学教師と結婚するなどというたわごとを腕利きの弁護士ルーシーが認めるわけもなく、たちまち大騒ぎになったのは言うまでもない。これは明らかに不倫どころか重婚になりかねない禁断の恋愛であるからだ。パットの両親はふたりの結婚を全否定し、口論がエスカレートしたあげくの果てには、何とパットの義父が銃を持ち出し、ポールに向かって「この家からとっとと出て行け！」と大声で脅したという。だが、旧大陸ヨーロッパにおいて政治的に挫折した自身の過去を清算し、新大陸アメリカにて新たな自分自身を再創造しようとしていたド・マンにとって、以後の歩みに付き添い、自身にとって母語ではない英語を校閲してくれるアメリカ人妻は不可欠だった。それは最初の妻アンとともに三人もの子供をも見捨てる所業だが、いったんニューヨークで新生活を始め、新たな職業に成功の希望を見出したばかりのド・マンにとっては、離婚に伴う慰謝料の条件をも呑むかたちで選び取らねばならぬ道であった(ただし正式な離婚手続きはとうとう完遂せず慰謝料の小切手もアンには届かなかったことがバリッシュによって証明されている)。我が国でいうなら、世紀転換期に名を馳せた国際詩人ヨネ・ノグチ(野口米次郎)が渡米初期の段階で、英語に自信がないため編集者になってくれるよう依頼したレオニー・ギルモアと結婚するに至るも、帰国後には日本人女性と結婚したため、そのあいだに生まれたのちの天才芸術家イサム・ノグチは野口姓を名乗らぬよう要請された経緯とも、どこか相通じるものを感じざるを得ない。あるいは、ド・マンの傾倒した『告白』の思想家ルソーが三十二歳のときに生涯の伴侶テレーズ・レヴァスールとめぐり会うも、経済的な問題から、彼女とのあいだの子供たち五人をつぎつぎに孤児院へ預けなければならなかったことへの後悔にも似た気持ちを彼が抱いたであろうことは、想像に難くない。かてて加えて、一九七〇年代にはイエール大学教授として飛ぶ鳥を落とす勢いだった五十代のド・マンが傾倒し、遺著『ロマン主義のレトリック』（一九八四年）に収めることになる三本の論考のテーマとしたイギリス・ロマン派詩人ウィリアム・ワーズワスの自伝詩『序曲』（一八五〇年）のうちに、一七九二年、二十二歳の詩人が革命で湧くフランスでアネット・ヴァロンと恋に落ち一児カロリーヌまで設けながら、帰国後、一八〇二年にはメアリ・ハッチンスンと結婚するに至る悲劇が封じ込められているのも、決して偶然とは思われない。若き日のド・マン自身に刻み込まれたトラウマが彼独自の無意識の構造を織りなし、必然的にルソーやワーズワスを特権化したのではあるまいか。ここで愛弟子バーバラ・ジョンソンが一九八五年の段階で翻訳一般を脱構築的に再解釈する論考「忠実に哲学する」において、なべて翻訳家というのは母語と外国語双方に忠誠を誓う「忠実なる重婚者」にならざるをえないと断じていたことを、一種のメタコメンタリーとして想起してもよい。

しかし、いったい何がトラウマの原因を成すものかは、現在進行中の事件の渦中に放り込まれた当事者にあっては、必ずしも明確にはならないものだ。このころ、アンとパトリシアに二枚舌を駆使するしかなかったド・マンは、最大の恩人メアリ・マッカーシーからは本能的に逃げ回っていたと言ってよい。けれども年が明けた一九五〇年一月二十二日には、とうとう彼女にも隠しきれなくなり、マッカーシーの親しい同僚フリッツ&マーガレット・シェファー夫妻が仲介の労を取るかたちで開いてくれたパーティに足を運んでいる。この日、ポールは初めて、彼が妻アンとは離婚し、女子学生パトリシア・ケリーと再婚するつもりであることを打ち明けたのだ。それまでのメアリはといえば、何しろ自身がポールを発見し就職の世話をし、履歴書業績表の作成まで手伝ってやり、しかもアーティニアン教授へ推薦状をしたためたのちの一九四九年六月十五日にはロード・アイランド州ポーツマスに新しい家を買うさいに同行までさせたほどに全幅の信頼を置いていたのだから、これは完璧な裏切り行為だった。従来、ド・マン側の伝記においてはメアリ・マッカーシーから彼が受けた恩恵は必ず言及されるものの、マッカーシー側の伝記研究においてはド・マンとの関わりがいっさい割愛されているのを不思議に思う向きは多かったが、昨今のバリッシュの伝記はそこへ一歩踏み込んだ調査を行い、程度こそは不明ながら、ド・マンとマッカーシーとのあいだには何らかの恋愛関係があったのではないか、と推測している。そうでも考えなければ、あれほどに高く評価していたド・マンを以後のマッカーシーが全否定するようになり「ド・マンの本などぜんぶ燃やしてしまうがいい」（バリッシュ 二七九頁）とまで叫ぶようになった急転直下のゆえんを説明しきれないからだ。彼女への不義理ひとつでも、バード大学での地位が危うくなるのは時間の問題だった。

悪い噂はそれだけではない。これまでの伝記からは詳細が省かれているが、けっきょくド・マンは、アーティニアン教授の邸宅に住まわせてもらいながら家賃を踏み倒したかどで睨まれ、学生たちから絶大な人気を博していたにもかかわらず、アーティニアン本人から激越な攻撃を受けるようになるのである。学生たちがアーティニアンの代わりにド・マンを専任にしてほしいと叫び始めたことも、前者の怒りに油を注いだ。ド・マンに離婚を言い渡されながらも彼の提示した金銭面の条件がきちんと解決されなかった先妻アンも、まさにこのアーティニアンと密かに連絡を取り始め苦情を洩らし、彼の悪意を増長させた。折しもド・マンに感心して一九五〇年三月二十二日には契約更新したエドワード・フラー学長が健康上の理由で退任したことも手伝い、後釜となった実業家肌のジェイムズ・ケイス学長はたんなるトラブル処理の要領で、同年十二月にこの新任講師をクビにしてしまう。

以後、一九五一年を迎えたド・マンは新妻パトリシアと乳飲み子マイケルを伴いマサチューセッツ州ボストンへ赴き、ベルリッツでフランス語を教え始める。そして、のちのニクソン政権下で多大な外交的貢献をすることになる国務長官ヘンリー・キッシンジャーを教えたことで政治関係の翻訳の仕事にも精を出すようになり、同年十月にはハーヴァード大学教授ハリー・レヴィンの知遇を得てセミナー参加を許される。明くる一九五二年一月からは同大学院へ正式な入学が許され教育助手《ティーチング・アシスタント》の職位も手に入れる。以後、彼が一九六〇年にはハーヴァード大学に提出した博士号請求論文『マラルメ、イェイツ、そしてポスト・ロマン主義的苦境』が受理され、それがきっかけで華麗な教歴を展開していくのは、広く知られるとおりだ。同年からはアイヴィーリーグのひとつコーネル大学に職を得てガヤトリ・スピヴァクらを教え、六八年からはジョンズ・ホプキンズ大学でキャロル・ジェイコブズを教え、そして七一年からはイエール大学で同僚となるジャック・デリダやジェフリー・ハートマン、J・ヒリス・ミラーらとともに脱構築派の中心人物となり、弟子のほうもバーバラ・ジョンソンやアンジェイ・ワーミンスキ、シンシア・チェイス、キャシー・カルース、水村美苗まで数多くの逸材を育てて、八三年一二月没。そして八七年には戦時中に対独協力者として発表した反ユダヤ人的言説が発見されたことにより、ド・マンのみならず脱構築批評そのものが抜本的な批判を受けることになる――。このあたり、すなわち一九五二年から三十年間ほどのあいだに展開されたド・マンの歩みについては、あまりにも広く知られるばかりか本書自体でもすでに何度もくりかえしてきたところなので、これ以上は述べない。

いま本章が関心を持つのはむしろ、今日わたしたちの熟知するポール・ド・マンが誕生する前夜、すなわち脱構築批評が誕生する前夜の段階で、彼がひとつのアメリカ文学ジャンルの成立にさいして決定的な貢献をしたという一点である。その逆ではない。

第四章　アメリカ大学小説の起源
――『鬱蒼たる学府』を読む――

一九八七年、ポール・ド・マンの戦時中における対独協力ジャーナリズムの発覚からこのかた、彼を現代小説のモデルに据える傾向はますます強まっている。イギリス作家マルカム・ブラドベリが一九八七年に出版し一九九一年に邦訳の出た『超哲学者マンソンジュ氏』などは、「秘密のフランス人哲学者マンソンジュ氏」を主役に、伝記ジャンルと虚構ジャンルの境界線をもてあそび、ひいては脱構築思想そのものを巧みに洒落のめした傑作だが、いっぽう我が国でも一九九〇年には超虚構理論の大御所・筒井康隆がポストモダン文学理論を解説しつつ風刺するという抱腹絶倒の長編小説『文学部唯野教授』を発表し大ベストセラーとなった。続いてイギリス作家ギルバート・アデアがほかならぬポール・ド・マン自身をモデルに一九九二年に発表したメタミステリ『作者の死』も、よく知られているだろう。たんに学者を主役にしたり大学を舞台にしたりするのみならば一九六〇年代にソール・ベローの『ハーツォグ』(一九六四年)やジョン・バースの『やぎ少年ジャイルズ』(六六年)から説き起こすこともできるが、こうした動きが活性化して理論ブームとも連動するのはやはり一九八〇年代初頭、すなわちイギリス学匠作家デイヴィッド・ロッジの『小さな世界』(一九八四年)やドン・デリーロの『ホワイト・ノイズ』(同年)、批評家作家テリー・イーグルトンの『聖人と学者の国』(一九八七年)

などがのきなみ世に問われた時代のことである。構造主義や記号論、脱構築を経由したポストモダン文学者たちは、それらの支柱ともいえる理論家自身をも文学的登場人物に仕立て上げ、いわゆる自己言及文学《メタフィクション》の領域を一気に革新していく風潮にあったが、一九八七年のド・マン事件以降、その傾向に拍車がかかったというわけだ。時折しも南アフリカの人種隔離政策《アパルトヘイト》への抵抗運動が国際展開していたころであり、それは脱構築批判が反ユダヤ主義批判へ転じたこととも連動しつつ新歴史主義《ニュー・ヒストリシズム》、ポスト植民地主義、クイア理論などを巻き込み、九十年代を迎えて政治的正義《ポリティカル・コレクトネス》を、人種・性差・階級をふまえたアイデンティティ・ポリティクスを樹立することで社会のみならず学界へも影響を与え、旧来のWASP(白人アングロサクソン・プロテスタント)家父長制が支配的だったアメリカの大学風景をすっかり塗り替えてしまった。この流れは九〇年代における文化研究《カルチュラル・スタディーズ》へと収斂したが、そこでもまた、いわゆるポストモダン理論が科学を隠喩的に乱用する傾向を戒める文化戦争が起こり、一九九六年から九七年にかけては理論物理学者アラン・ソーカルがいわゆる「知の欺瞞《ファッショナブル・ノンセンス》」論争を引き起こして、ド・マン事件を上回る学術的スキャンダルをもたらす(本書第四部参照)。そう、八〇年代から九〇年代にかけては、米ソ冷戦解消をはさみつつも——いや、はさんだからこそ?——社会的変容が学問的変容とともにさまざまな事件を続発させたがために、当事者たちには迷惑であっても、このように理論闘争の点でも人事競争の点でもスキャンダラスな大学事情が傍目にはめっぽう面白いもの、さまざまな物語に満ち満ちたものと映ったのはまちがいない。それまでにも大学や学界を舞台にした小説はたくさんあったものの、九〇年代以降には、いわゆる学生たちの青春を中心とした学園小説《キャンパス・ノヴェル》とも一味異なる大学小説《アカデミック・ノヴェル》というポストモダン文学サブジャンルが頭角を現したのだ。

こうした文脈を知るならば、大学小説のひとつの頂点としてベストセラーになったのが、ノーベル文学賞万年候補のユダヤ系作家フィリップ・ロスが執筆し映画化もされた長編小説『ヒューマン・ステイン』(二〇〇〇年、ロバート・ベントン監督映画『白いカラス』が二〇〇三年)だったのは、ごく当然である。同書が語るのは、一九九八年におけるビル・クリントン第四二代大統領とホワイトハウス研修生モニカ・ルウィンスキーの不倫スキャンダルを反映したかのように、主人公の古典文学教授でマサチューセッツ州西部はバークシャーヒルズのアテナ大学《カレッジ》で学部長すら務めた経歴のあるコールマン・シルクが、黒人学生に対する差別発言で免職されるばかりか、学内職員フォーニア・ファーリーとの不倫も糾弾されるも、じつは彼は自分自身が黒人の血筋でありながらユダヤ人教授として、すなわち多数派たる白人教授に準ずる者として長く世間を欺いてきたこと、すなわち人種偽装《パッシング》の秘密を隠していたことが発覚するという顛末なのだから。

カーネギー・メロン大学教授ジェフリー・ウィリアムズによれば、大学教授を主役とする大学小説というジャンルは、戦前は大学生を主役とする学園小説ほどの人気はなかったが、戦後から世紀末にかけては急成長し、二〇世紀前半までは前者が七二点、後者が一二九点であったのに、二〇世紀後半、すなわち一九五〇年から二〇〇〇年にかけては前者が二三八点、後者が一七二点へ転ずる完全逆転現象が起こっている。その傾向をさらに分析するなら、一九五〇年代から六〇年代にかけては学内人事において教師がいわゆる終身在職権《テニュア》を獲得できるかどうかに焦点を定めていたのに対し、七〇年代から八〇年代には教授と学生の恋愛や結婚に重きが置かれるようになり、九〇年代にはまさしく人種・性差・階級を軸とする文化戦争が前景化したことを考慮せねばならない。その変化の要因としては、戦後、帰還兵などに教育を保障する復員兵援護法（ＧＩビル）の制定とともに、郊外を中心に大小さまざまな高等教育機関がそれこそショッピングモールばりにひしめくようになり、大学教授という存在自体がかつてのごとき象牙の塔の権威ではなくポストモダン時代にはありふれた職業人と化したことが大きい（「大学小説の勃興」、〈アメリカン・リタラリー・ヒストリー〉二〇一二年［第24巻第3号］、五六一－八九頁）。そのように考えると、前掲ロスの『ヒューマン・ステイン』は二十世紀後半に急成長を遂げる大学小説の歩みを凝縮した一冊と見ることができる。

以上が新しい現代小説ジャンルとして確立した大学小説の概要だが、ここで興味深いのは、イギリスではオックスフォード／ケンブリッジといった名門総合大学（ユニヴァーシティ）を舞台にすることが多いいっぽう、アメリカでは私立小規模一般教養大学（リベラル・アーツ・カレッジ）で物語を展開する点で好対照を成すことだ。そして、こうしたアメリカ大学小説ジャンルの起源として必ず言及される一冊こそは、ほかならぬメアリ・マッカーシーが一九五二年に出版した第三長編小説『鬱蒼たる学府』（*The Groves of Academe*）にほかならない。前掲ジェフリー・ウィリアムズはこの時期の大学小説が依然として大学すなわち象牙の塔なる固定観念に依存しているために時代遅れになっていることを批判し、本書についてもこう述べている。

『鬱蒼たる学府』のような小説ではまさに時計が凍り付いてしまったかのようだ。というのも、そこで舞台になるのはジョスリン大学ばかりで、問題となるのも主人公がほんとうに共産党の党員になっているのかどうかという噂ばかりなのだから。（五六三頁）。

しかし、今日の視点で読み直すならば、本書は決してこのように軽くあしらわれるべき小説ではない。プリンストン大学教授エイレン・ショーウォーターが真正面から大学小説《アカデミック・ノヴェル》に取り組んだ名著『教授たちの巨塔』(二〇〇五年)でも指摘するとおり、『鬱蒼たる学府』は「五〇年代最高の大学小説《アカデミック・ノヴェル》」であり、「時代にはるかに先駆けている」ばかりか、「時にすがすがしいほどにシニカルに俗物連中を描くも、決して高等教育や進歩主義者、あるいは知識人を攻撃することはなく」、むしろ尊重しているからだ(二九頁)。加えて、『鬱蒼たる学府』がアメリカ大学小説の起源として不可欠なのは、まさにここで扱われている時代が、作者マッカーシーがバード大学においてポール・ド・マンと親交を深めつつ、やがて決裂せざるをえなくなった四〇年代末とそっくり重なっているからである。結論を先取りするならば、ポール・ド・マンはあらかじめ確立していたアメリカ大学小説の絶好のモデルとして一九八〇年代以降にもてはやされるのではない。そうではなくて、彼はそもそもアメリカ大学小説の起源を構成する要素として数えあげられていたのだ。

もともとマッカーシーはモデル小説を得意としており、先行する第二長編『オアシス』でも「ヨーロッパ・アメリカ・グループ」の内紛を扱い、〈パーティザン・レビュー〉の仲間たちを戯画化して、その手腕が買われ、初出誌であるイギリスの文芸誌が主催するホライズン賞を受けたほどである。もっとも、ドワイト・マクドナルドなどは自身の扱いに対し笑って許したが、かつての恋人であり同棲相手でもあったフィリップ・ラーヴは自分が揶揄されたのに対しカンカンになって怒り、一三二件もの権利侵害のかどでマッカーシーを起訴するも、版元のランダムハウス社がそれを却下したので、ラーヴも渋々手を引いたという顛末もあった（ブライトマン三一四頁）。恋多きプレイガールにしてバッドガールだったマッカーシーが以後、時として引き起こす筆禍事件の、これは序の口と言える。

それでは肝心の『鬱蒼たる学府』は、いかにポール・ド・マンと関連するのか？

主人公のヘンリー・マルケイヒーはアイルランド系の四十一歳、ペンシルヴェニア州ジョスリンに位置するリベラル・アーツ系のジョスリン大学《カレッジ》で教鞭を執る文学科の講師である。この大学は一九三〇年代後半に実験的な教育者たちによって創設され、トマス・アクイナス的なスコラ神学とジョン・デューイ的なプラグマティズムの中庸をめざすべく構想された。風光明媚な自然に囲まれた革新的教育環境には一定のユートピアが夢見られている。二十世紀半ばの時点での教授陣は四一名、学生数は二八三名だから、教師一人につき六・九名の学生を指導すればよい。第四章では、この比率がほかのリベラル・アーツ系と比較され、教師ひとりにつき六名のベニントン大学や六・四名のサラ・ローレンス大学、六・九名のバード大学、七・七名のセント・ジョンズ大学のデータが挙がっている（六〇頁）。マッカーシー自身と関わりのあるバード大学、サラ・ローレンス大学が含まれ、とくに前者のデータがジョスリン大学とまったく同一である点は注目に価しよう。

さて、この主人公はジェイムズ・ジョイスやマルセル・プルースト、トーマス・マンを愛し批評理論にも造詣が深く、学科の同僚のうちでただひとり博士号を取得していた。高級誌〈ネイション〉や〈ケニヨン・レビュー〉に寄稿するばかりか、ローズ奨学金やグッゲンハイム奨学金をも獲得し、周囲から尊敬されている知識人だ。三十一歳になる美しき妻キャサリンとのあいだには四人もの子供もいる。ところがある日のこと、彼のもとにメイナード・ホア学長から契約更新を打ち切るという通知が届く。見目麗しく紳士の誉れ高いホア学長が、いささか反体制的なところがあるにせよ、いったいどうしてあともう少しでジョスリン大学に終身在職権《テニュア》が取れるというマルケイヒーをクビにするのか？ 妻子のあることを考えれば、いま失職したら路頭に迷いかねないというのに？ 彼はたまたま研究室を訪れた女子学生シーラ・マッキーにこのことを打ち明け、学生たちのあいだではたちまち彼への同情票が集まる。

　この時点で、マルケイヒーがド・マンのモデルなのかどうか、好奇心に駆られる向きもあろう。けれども、同書刊行時にド・マンは三十二歳でマルケイヒーは十歳ほど上だから、設定上無理がある。げんにマッカーシーはマルケイヒーのじっさいのモデルをバード大学の同僚で彼女にもハンナ・アーレントにも敵意を剥き出しにしていた哲学専攻の准教授リンカーン・リースであったことを明かしている（ブライトマン 四三一頁）。バード大学学内新聞〈バーディアン号外〉一九四九年四月十五日付のトップにはリース博士の辞職問題をめぐって、彼自身の下記の同年三月二十九日付の告知を中心にさまざまな憶測をめぐらせる記事が躍っている。「本校の学生諸君より、わたしがこの先どうするかを知りたいという希望があったので報告しておきたいと思います。わたしは一九四九年から五〇年にかけて、バード大学より有給休暇をいただきました。さらに、わたしは一九五〇年六月三十日付でバード大学哲学准教授の職を辞任いたしました」。五〇年一杯教える契約を結んでいるにもかかわらず、その中途で辞職するという緊急事態がスキャンダルを巻き起こしたのは当然である。しかも、公式にはその理由もつまびらかにはされていない。この号外は、学生たちの側から、人気抜群だったリース教授の辞職を食い止めるようキャンペーンを張っているにすぎない。だが、まさしくさまざまな情報の空白があるからこそ、この事件は作家であり天敵でもあった同僚マッカーシーに絶好の小説的主題を与えたのだ。

物語に戻ろう。解雇を宣告されたマルケイヒーは、文学科ではいちばん若い同僚のドムナ・レジネフに相談する。彼女はラドクリフ女子大学で学士号を取ったばかりの二十三歳で、ロシア語ロシア文学、フランス語フランス文学を講じており、彼とは家族ぐるみのつきあいだ。ドムナの祖父は帝政ロシアの立憲民主党員で父はパリで宝石店を営み詩人のジャン・コクトーやバレエ興行主セルゲイ・ディアギレフと親交があった。マルケイヒーは彼女に、自分がクビを宣告されたのはおそらく共産党員であるがための弾圧であるばかりか学問の自由の侵害にほかならず、しかも学長は彼の妻キャサリンが出産後に心臓と腎臓を病んで危機的な状況なのを熟知したうえでこの残酷な仕打ちに出たのだと説明する。病気で母を亡くした経験のあるドムナにとって、年長の女性が死に至る病にあることは、それだけで由々しき事態であった。彼女は問題のポイントをこう整理した――「ホア学長自身はたえず安全圏に身を置いていること、誰も学長への文句などいっさいつけようもないこと、彼の両手はそれこそポンショ・ピラト総督のごとくにきれいなもので、いつもきちんときちんとバルコニーで洗われていること」(五〇頁、傍点引用者)。本書がアーレントの『イェルサレムのアイヒマン』に十年ほど先駆け、すでに左翼系を取り締まる人物に対してポンショ・ピラトのたとえで語っていることに注目したい。

かくしてドムナはホア学長によるマルケイヒー解雇を人殺しと呼び、即座に解雇撤回に向けてかけあおうとする。本書の主人公が解雇宣告を受けたヘンリー・マルケイヒーであるのは疑いないが、以後の展開において彼を客観的に記述していく視点の中心は、あたかもメアリ・マッカーシーが乗り移ったかのようなドムナであるから、本書は彼女の物語と言ってもよい。そして、この物語前半の時点で、すでに注目すべき伏線が巧妙に張られている。

というのも、話を聞いて同情するドムナに対し、マルケイヒーが根本的にキャシーの病気の件は無関係であり、そもそも妻には今回の解雇問題を打ち明けていないのだから、それについては学長には言及しないでくれと説明するからだ。彼は妻を安心させたいばかりに、あたかもホア学長から送られてきたかのように装った終身在職権を保証する手紙を捏造し、その内容を「キャシー自身が信じている」(五二頁)という。まさにポーの「盗まれた手紙」の解決が「捏造された手紙」と紙一重であったことを、わたしたちは想起せざるをえない。マルケイヒーは、このようにも付け加える。「ぼくらは戦争のさなかにある。だが、それに気づくのはせいぜい毎日の朝刊を読むときぐらいのものだろう。その場合、戦争は特派員報告の記事のなかで起こっている。しかしね、戦争はここジョスリン大学のキャンパス内でも起こっているんだよ」(五五頁)。そしてさらには、じつは十五年前から共産党には入党していたのだが、以後はおそらくはそのために五つもの大学から解雇を言い渡されてきたのだ、とも。ドムナは彼を長年、まったく政治的でない人間と信じてきたから、この秘密を明かされて「それじゃあなたは、わたしやみんなにずっと嘘をついてきたのね」と対応する(五六頁)。この手の嘘は、しかし、戦時中から戦後にかけてアメリカ合衆国内で共産主義者たらんとする人間にとっては宿命だっただろう。

かくしてドムナは文学言語学部の諸言語学科長であり、フランス文学とドイツ文学の教授であるアリスティド・ポンシーをはじめとする同僚たちに号令をかける。ポンシー教授は父性にあふれた寛大な男でフルブライト研究員にも選ばれるから、マッカーシーの同僚にして当初はド・マンの就職にも好意を抱いていたアーティニアン教授をモデルに造型されているのはまちがいない。彼らは何とかマルケイヒーを窮状から救おうと躍起になる。とりわけポンシー教授は多言語を操る才覚に恵まれていたから、彼を頼る多くの若手があちらこちらから集まっていた。彼自身がスイス出身のためパリやマルセイユのフランス語訛に無意識の偏見を抱いていたせいか、彼が雇った若手たちは出身地だけとれば生粋のフランス人ではなく「ベルギーやドイツ、コルシカ、スイス、エジプト」などさまざまである(八六頁)。リストのトップに「ベルギー」と記されているのは、伝記作家デイヴィッド・レーマンもいうようにまぎれもなくポール・ド・マンのカメオ出演であろう。

ここで二十一世紀現在、ポスト構造主義からもはるかに歳月を経た視点で本書を読むとき、あまりにも興味深いのは、ランチタイムの教員食堂《ファカルティ・ダイニングルーム》でドムナを待ちながら、マルケイヒーがついに自身が最後の一線を超えてしまったという感覚に襲われ、こんなふうに思索にふける一瞬だ。

メイナード・ホア学長がマルケイヒーを共産党員と見なしたことがそもそもの決定的要因だったにちがいない。だが、学長がドムナの研究室の外の廊下に立ち止まり彼女と学生の会話にじっくり聞き耳を立てていたとしても、その時点ではまだマルケイヒーは、かつて自身がドムナの研究室にいた折に駆られたような換喩的衝動《メトニミック・アージ》を覚えてはいなかったろう。換喩的衝動、すなわち結果を原因に振り替え、記号《サイン》を意味されたものに、容器《コンテナ》をその内容物に振り替えたくてたまらなくなる衝動である。ここで考えられるのは、このときのマルケイヒーは自身の芸術的

> 想像力の赴くままに、新聞記事やら個人的経験の乱雑なる断片群などを素材に、現実の生のデータなどよりもはるかに印象的な修辞的真実を含み人々の心に訴えかける全体的ヴィジョンを編み出したということだ。それこそはけっきょくはるかに真実に迫り、アリストテレス的意味においてはるかに普遍的なヴィジョンとなった。すでに最初の効果から見ても一目瞭然。というのも、ドムナはいま現在、ヘンリー・マルケイヒーについて啓示の瞬間を得たからだ。彼女は、彼こそは普遍的存在、形相《エイドス》そのもの、すなわち共産主義者にして、富豪たちと対比される貧しき病者ラザロ（ルカによる福音書第十六章）、土から生まれ経帷子を着て葬られるべく定められた地下生活者の権化と確信するに至ったのだ。（九七頁）

ここでマルケイヒーの換喩的衝動《メトニミック・アージ》による原因と結果の逆転、記号表現《シニフィアン》と記号内容《シニフィエ》の因果律逆転を語っているところを一瞥するならば、そこにのちのド・マンが『読むことのアレゴリー』最終章のルソー論で分析する「盗まれたリボン」における記号表現《シニフィアン》がもたらす意味作用の因果関係転倒劇を連想しないわけにはいくまい。のちのド・マンの萌芽があるというよりも、彼の恩人マッカーシーがとうにポスト構造主義的脱構築理論を先取りしていたことに、わたしたちは瞠目せざるをえない。

物語後半には、マルケイヒーの天敵と呼ぶべき文学科長ハワード・ファーネスが登場する。そして、ドムナともファーネスとも親しい同僚で古き良きニュー・ウーマンの典型、四〇歳のアルマ・フォーチュンが自身の後追い辞職を決意し、学長への抑止力たらんとすることで周囲に論議を巻き起こす。一九五〇年前後の時代、我が国ではまだフェミニズムもジェンダー理論もろくに大学のカリキュラムに組み込まれていない頃に、ふたりの女性教師が大学当局へ異議申し立てするという構図は何ともスリリングだ。ニューヨーク知識人集団のなかでも女帝として君臨したマッカーシーならではの問題設定といえよう。はたしてマルケイヒー辞職撤回を求める教授陣とホア学長との交渉が始まる。

とはいうものの――どうやら問題はマルケイヒーの共産主義思想どころではなく、教師としてのスタイルそのものにあるらしいことも、明らかになった。彼は教育においてだらしないところがあるばかりか、贔屓の学生の期末レポートを代筆してやったという噂も伝わっている。だが、アリスティドにいわせれば、教師というのは出欠を取り忘れたり成績採点が遅れたりと、大なり小なり微罪を積み重ねる種族だ。やり残した仕事がうずたかく積み上がっていくのも珍しくない。とはいえ、ファーネスはこう断言する。「しかしヘン［ヘンリー・マルケイヒー］の場合には、ある一点でついに量が質へ転化してしまったんだ。そのあげく、彼の研究の品質のほうまで疑われるようになったというわけさ」（一二一頁）。

しかも、意気込んで学長との交渉にのぞんだドムナとその同僚で比較宗教学を専攻する若手ジョン・ベントクープたちがマルケイヒー夫人キャシーの容態について言及すると、学長はそんな事実は知らされてもいないという。だが、彼女たちはけんめいに、マルケイヒーがいかに学生たちから支持されているか、とりわけ格段によくできる学生から尊敬を集めているかをまくしたてた。しかしこの時点ではもうドムナも、マルケイヒーが今回の解雇事件について自分たちに嘘をつき、さらには学長に対してドムナ自身も嘘をつくようになっているという構図に対し、嫌気がさしていた。マルケイヒー解雇の理由はその教授法そのものにあったというのに、彼自身がいかにも自身の共産党系履歴が災いして思想の自由、学問の自由が脅かされているかのように過剰に自己演出し、あろうことか妻キャシーの死に至る病まで捏造していたというわけだ。マルケイヒーは自身の発言をたえず自分の立場ではなく聞き手の立場から判断して信憑性があるかどうかを図るたぐいの人物であり、その意味では「そもそも真偽の基準というのがヘンリー・マルケイヒーには意味をなさない」（二〇六頁）。こう認識したとき、ドムナは底なしの人間不信とともに自己不信に陥る。「ヘンリーがあたしたちにすがってきたのはまちがいない。でもそれは誠実な行動じゃなかったんだわ。彼はメイナード・ホア学長に奥さんのキャシーのことで嘘をつき、その嘘についてあたしたちにも嘘をついた。あるいは、彼はいまもあたしたちに嘘をついていて、キャシーは病気どころか健康そのものでぴんぴんしてる。あたしたちはまるっきりの嘘八百《ファンタジー》を信じ込まされてきたってことかしら？」（二〇八頁）。マルケイヒー自身が「心理的な業病」（二〇四頁）、四半世紀近くのちの一九七八年にスーザン・ソンタグが発表する著書のタイトルでいえば「隠喩としての病」そのものなのである。

だが人生は皮肉だ。同情する周囲がマルケイヒーにまんまとしてやられたと実感したころには、学長は給料据え置きながら、彼の契約を更新した。以後のマルケイヒーは同僚で愛弟子の詩人エリソンとともに現代詩をテーマにした会議を主催して物議をかもす。招待詩人たちがみな白人男性の老巨匠ばかりで真の民衆詩人がいないという保守的選定眼に対して、ドムナは異議申し立てをする。「新批評が到来したことであたしたちはみんな詩の『読者』にはなったけれど、そのせいで批評的基準を見失った。過去一五年というもの、この括りの中では真の批評が最小限に抑えられてきたじゃない」（二三九頁）。ただし、その会議にはひとり民衆の側に立つプロレタリア詩人ヴィンセント・キオーが参加しており、彼は元共産党同志だったヘンリー・マルケイヒーについて、こう語るのだ——「理論上の共産主義者以上に共産主義者的だったけれども、デモのピケラインなどではお目にかかったことはない」「いささか風変わりで孤立した奴で、自己演出《セルフ・ドラマティゼーション》の才能には恵まれていたな」（二九一頁）。この大団円では、物語冒頭では解雇を言い渡されて哀れなヘンリー・マルケイヒーが、じつは周囲の同情を引くためにいかに事実を大胆に脚色したか、まさにそのためにいかに嘘に次ぐ嘘を重ねてきたかが、かつての共産主義思想の同志の証言によって裏書きされる。彼はけっきょくのところ、正式な共産党員として経歴を積んだ政治的な活動家《アクティヴィスト》でもなければ書斎の理論家《セオリスト》でもなく、限りなく詐欺師に近い自己演出家《セルフ・ドラマティスト》にほかならない。

『鬱蒼たる学府』は前述のように実在したバード大学哲学准教授リンカーン・リースをモデルに主人公ヘンリー・マルケイヒーを人物造型しているものの、通読するといわゆる大学小説《アカデミック・ノヴェル》の起源にして以後発展を見るジャンル的特徴をほぼすべて備え、まさにそれ自体がモデルを超えた普遍的真実を達成しているのがわかる。共産主義者を狩りたてる赤狩りが米ソ冷戦時代の脅威であることはアーサー・ミラーの傑作戯曲『るつぼ』（一九五三年）からごく最近のスティーヴン・スピルバーグ監督映画『ブリッジ・オブ・スパイ』（二〇一五年）まで連綿と語り継がれてきたが、『鬱蒼たる学府』はそうした赤狩りに抵抗し批判する勢力にもまたもうひとつの滑稽きわまる経歴捏造と自己演出が隠匿されていることを暴き立てることで——赤狩り批判の批判を目論む風刺小説たらんとすることで——以後の大学小説の皮切りとなった。したがって、マルケイヒーの人物像を描くドムナの視点には、おそらくバード大学時代のメアリ・マッカーシー自身による大学人観察のみならず最も根本的なアカデミズム批評が凝縮されているだろう。

そう考えると、前掲ポンシー教授が受け入れた外国人語学教師の筆頭に「ベルギー人」が言及されていたとおり、マッカーシーがド・マン自身のことも本書で深く意識し、何らかのかたちでここに展開する人物群像のうちにも反映させていたことは否めない。池澤夏樹も指摘したように、メアリ・マッカーシーは二番目の夫である文芸評論の巨匠エドマンド・ウィルソンの家庭内暴力をベストセラー小説『グループ』において、ヴァッサー大学時代の級友をモデルにしたケイとその夫ハラルドのあいだに起こった事件として描いている。小説の登場人物というのは、概して実在する複数の人物像を巧みにリミックスした結果にほかならない（『アメリカの鳥』解説 四三五頁）。

だとすれば、ヘンリー・マルケイヒーの人物造型もそのモデルは全面的にリンカーン・リース教授だけとは限るまい。げんに、そのカリスマ性で周囲をたちまち魅了してしまい、自身の過去を隠蔽し捏造し利益を獲得するためにはいくらでも嘘をまくしたてていくすがたは、部分的にであれアメリカ亡命初期のポール・ド・マンを思わせる。かつてユダヤ系フランス人として亡命したポストモダン文学の代表格レイモンド・フェダマンが、嘘をつき続けるのは戦後をサバイバルしていくための必須条件だったと語ったように、この時代の亡命者はユダヤ系だろうが元対独協力者すなわち親ナチだろうが、嘘に次ぐ嘘をまくしたてない限り、そして善意の他者をとことん利用しない限り、自身の生命が危険に晒されるのだ。このあたりのサバイバル術については、在外研究中にド・マンに住居を貸していたアーティニアン教授の苦情を受けた推薦者たるメアリ・マッカーシーが一九五一年一月二十三日付でしたためた書簡が参考になるだろう。

誰もが同じ目に遭って来たのですよ。ポール・ド・マンという男は、ひとまず最初に友達になった人物の後ろ盾を得て、つぎの段階では共同体の集まりへ親しく招かれたと思ったら、もう常連になっている。さらなる段階では何らかの雇用主や弁護士の推薦を得ようと頼んできたかと思うと、いきなりすがたをくらます。彼が立ち去ったあとには、何だかなあという釈然としない気持ちがほんのり残る。関係性自体がつぎつぎに移り変わっていくので、いささか面食らうのです。そして彼に関わった人間は、自分がとてもなめらかな糸ないし鎖の一部分を成していたことに気づくのですが、しかしそれがいったいどこへつながっているのかは、誰にもわかりません。（バリッシュ二七七頁）。

ド・マンがいかに口八丁手八丁でサバイバルする能力に長けていたかを証言する、これは重要な書簡であろう。ただし、この時点での彼女はまだニュートラルであり、客観性を保ちつつも自身の見出した才能あふれる青年を庇護するようなニュアンスを残していた。アーティニアンの代役としてド・マンを推薦した直後の一九四九年六月十五日には、マッカーシーは三番目の夫ボーデン・ブロードウォーターとニューイングランドはロード・アイランド州の高級別荘地ニューポートに家を購入しようと、わざわざド・マンを伴い、数日のバカンスを楽しむほどに親密な関係だったからである。

だが、バード大学をクビになり、パトリシアと駆け落ち同然にボストンへ向かって以降のド・マンについては、マッカーシーは別人かと思われるほどに手厳しい。一九五九年のこと、彼女はド・マンのハーヴァード大学の愛弟子リチャード・ランドからむかしのことを尋ねられて、こう答えている。「ああ、ポール・ド・マンね。彼の話になると、あたしはいつも貧乏で靴も履いていないオランダ少年のイメージが浮かぶのよ」。まさに人種差別、階級差別をむきだしにした発言である。こうした心情が、先に引いた「ド・マンの著書などぜんぶ燃やしてしまうがいい」なる暴言につながるのだ(バリッシュ 二七八―二七九頁)。さらには、一九八七年にド・マンの戦時中の対独協力記事を発見し調査を続けていたオルトウィン・ド・グラーフからの問合せを受けてやりとりし、最晩年の一九八九年、末期癌でメイン州の病院に入っているときにも、親友のエリザベス・ハードウィックとの会話のなかでド・マンをネタに笑っていたという記録がある。彼女は「ド・マンがイエール大学でこんなに有名になるなんて」とあきれたように言い、とりわけいかに最初の妻アンにひどい仕打ちをしたかを語り「あの男はいつも口から出まかせだったからね」と呟いたという(バリッシュ 二七九頁)。時にメアリ・マッカーシー七十七歳。この時点では、かつての愛弟子ポール・ド・マンが一九八三年に六十四歳で亡くなってから、すでに六年の歳月が過ぎ去っていた。

第五章　イカロスの帰還

元バード大学で教鞭を執ったメアリ・マッカーシーと彼女が推薦して雇われたポール・ド・マン、さらにはバード大学の墓地に埋葬されているハンナ・アーレント。いずれもこのリベラル・アーツ系小規模一般教養大学に関わった知識人たちだが、ド・マン自身がいかにマッカーシーの文学やアーレントの思想に親しんでいたかは、いまひとつ判然としない。しかし、前章で分析したように、初期の長編小説『鬱蒼たる学府』ひとつを取ってみても、まだアメリカにおいて構造主義や記号論などがさほど浸透していない段階というのに、著者マッカーシーの理論的把握の確かさには疑いがない。むしろ、この最初の大学小説のなかには、いずれド・マン自身の辿るべき道筋が人生としても理論としてもとうにシナリオ化されていたと言ってもよい。

そう考えるときに気になるのは、一九六三年においてメアリ・マッカーシーのもうひとつの代表作『グループ』とハンナ・アーレントの代表作『イェルサレムのアイヒマン』とがそろって出版されていることである。片やフェミニスト・ポルノとも言われるベストセラー小説、片やユダヤ人ホロコースト問題の捉え方を根本から塗り替える画期的思想書であり、両者の著者たちが親友であるという事実を除外すれば、何の接点もなさそうに見える。だが、ほんとうにそうだろうか。

前者『グループ』は著者の持ち味を活かして、自身の卒業したヴァッサー大学卒業生の女性たち八名が一九三三年から四〇年までどんな人生を歩んだか、その悲喜劇を生き生きと描き出した性的教養小説として、三十万部を超えるベストセラーとなり、のちに映画化もされた。その知的でエロティックな青春群像は、今日でいえばテレビ・シリーズ『セックス・アンド・ザ・シティ』(一九九八年―二〇〇四年)や映画『ブリジッド・ジョーンズの日記』(二〇〇一年)、はたまたカレン・ジョイ・ファウラー原作で映画もヒットした『ジェイン・オースティンの読書会』(二〇〇四年)を彷彿とさせる。

主役の八名のうちでも中核となるのはやはりケイ・ストロングだろう。物語はケイがイエール大学卒業生のハラルド・ピータースンと結婚するところから始まり、そしてそのケイがヴァッサー・クラブの窓から墜落死して仲間たちが葬儀を執り行なうところで終わるからだ。ケイはハラルドが浮気を繰り返すことに悩んで精神を病んだが、やがてヒトラーの侵攻を恐れ、アメリカが参戦することになればそれは敵の空軍の襲撃によって始まると信じて、毎日のようにヴァッサー・クラブの窓から空軍機を眺め始め、あるときバランスを失い二十階からまっさかさまに転落してしまうのである。

友人たちを悲しませたのが、ケイのいわゆるヒトラーの攻撃計画にたいする関心が、明らかにハラルドへのあてつけであったということである。ハラルドは狂信的なアメリカ第一主義者となり、方々の集会で演説などしてかなり有名な存在になりかかっていた。ケイはそれと反対の運動に加わったりしないで、ハラルドのことを忘れてしまえばよかったのだろう。それにしても熱心に軍備の必要を説くことは、ケイに何らかの生きる目標を与えていたのだった。それがケイの死の原因になったとは、なんという残酷な皮肉だろうか!(原著四一八―一九頁、邦訳五一九―二〇頁に準拠)。

ふんだんにセックス・シーンを散りばめた『グループ』がひたすら扇情的な官能小説として読まれ、じっさいに売れに売れたことは事実であるが、しかしその深層に秘められた構造は、まさしくケイの死に秘められているとおり、全体主義へ徹底抗戦する反戦小説なのだ。じっさいもうひとりのメンバーであるポリー・アンドリュースは、ごく最近、父がトロツキーの方へ転向し、ポリーの伯母ジュリアの無理解を嘆くのを聞かされている。「トロツキストだけがスターリンと戦える唯一の戦力なんだと、おれはジュリアに請け合ったのさ。ローズヴェルトはスターリンと適当に妥協している。ヒトラーはヒトラーで腹に一物あって、スターリンに接近している」(原著三三七頁、邦訳四一五頁に準拠)。このくだりが興味深いのは、スターリンよりもトロツキーに親近感を覚えるのはニューヨーク知識人の共通了解が、この父親にも反映している点である。

それでは後者『イェルサレムのアイヒマン』のほうはどうか。著者アーレントの思想については、それより一二年ほど前に刊行された『全体主義の起原』(一九五一年)から説き起こすのが好都合だろう。その第三部「全体主義」で彼女はこう説く。

ヒットラーは優れた弁舌の才のお蔭で党内の地位を固めたわけではないし(彼の周囲の人々はかえってこの才能の故に彼をデマゴーグだとして過小評価するという過ちを犯した)、またスターリンは、十月革命の最大の雄弁家トロツキーを敗退させることに成功している。全体主義の指導者は普通の意味でのデマゴーグではないし、マックス・ヴェーバーのいう「カリスマ的指導者」でも断じてない。彼らがぬきんでている点は、事実と対立する完全な虚構の世界を築くに適切な要素を既成のイデオロギーから選び出す、誤たない確かさなのである。「シオンの賢者」のフィクションも、トロツキストの陰謀のフィクションも、ともに同じくこの目的に適っていた。なぜなら、双方とも国際的意味を持つフィクションだったし、また双方とも非全体主義的な環境のなかに全体主義運動の虚構の世界を築くのに不可欠な真実らしさの要素――十九世紀におけるユダヤ人の隠れた影響力、レーニン死後のトロツキーとスターリンの間の権力闘争――を含んでいたからである、全体主義の指導者の手腕とは、経験可能な現実の中から彼のフィクションにふさわしい要素を探し出し、それを検証可能な経験から切り離された領域の中に持ち込んで利用する技なのである。（原著 三六一―三六二頁、邦訳第三巻 九六頁に準拠、傍点引用者）

ここでアーレントが語っている全体主義指導者の能力が雄弁術ではなくてフィクション創作術であることと、しかもその定義である「経験可能な現実のなかから彼のフィクションにふさわしい要素を探し出し、それを検証可能な経験から切り離された領域の中に持ち込んで利用する技」が前掲マッカーシーの『鬱蒼たる学府』（一九五二年）で主人公ヘンリー・マルケイヒーにつきものの「換喩的衝動」とそっくり一致することもまた、彼女とマッカーシーの交友関係を考えれば、決して奇遇ではない。それは、実体的な現実ではなくその一部分を経験的に切り取り、そこからまったくべつの未来的可能性を交差させることで因果関係を転倒し、事実と虚構とを卑猥なまでに――しかしごくごく自然に――

接合してしまい、そのあげく、多くの民衆を眩惑していく修辞学において、いわば記号のポルノグラフィーが成立してしまったことを明かす。そして、まさにそんなフィクションのメカニズムに打ってつけの主人公こそがアイヒマンであった。してみると、こうした彼女たちふたりのジャンル論的交錯のあげく、一九六三年を迎えて、片やフェミニスト・ポルノとも渾名される『グループ』で全体主義批判の反戦小説をものし、片や重厚なる西洋思想史的理論書『全体主義の起原』で記号のポルノグラフィーを体系化することになったのは、ごく必然というほかない。

政治学と修辞学を自在に往還するマッカーシーとアーレントの著作は、疑いなくド・マンを啓発したであろう。ふたりの女性知識人が拠って立つ基盤が修辞的読解《レトリカル・リーディング》であったのは偶然ではない。とりわけアーレントに従えば、革命(revolution)もまた天体の回転(revolution)を意味する記号がフランス革命という歴史的瞬間を得て濫用された結果、新たな意味が生じたのだし、全体主義というフィクションにしてもそれが内在させる物語学《メカニズム》が、それ自体ごくごく自然な現実を偽装しつつ一登場人物アイヒマンの行動を完璧に決定したのだ。アーレントが名著『ノンセンスの領域』の著者にしてド・マンと同年のエリザベス・シューウェルと文通する仲であり、後者は前者の『全体主義の起原』に立脚しつつ、ナチス・ドイツのユダヤ人ホロコーストが実現していく過程のうちに、無意味の意味が現実世界へ及ぼす影響力を——すなわち論理を経てノンセンスが生じ、ひいては地獄への門が開かれるありさまを——徹底考察している。シューウェルのノンセンス理論そのものはポスト構造主義における脱構築理論にも近しい。しかしド・マンはあえて実体的な戦後史をいっさい語ることなく、一九六九年の画期的論考「時間性の修辞学」を、まずはシンボルの孕む全体性指向の根本的批判から開始する。そして『盲目と洞察』(一九七一年)から『読むことのアレゴリー』(一九七九年)への道筋においては、たしかに身体切断や斬首などホロコーストを連想させる言語観を提示しつつも、そのいっぽうでは、テクスト的アレゴリーが修辞的錯綜の水準において歴史を生成するメカニズムを、言ってみれば修辞学がその詐術をフル回転してわれわれが自然だと信じ込んでいる現実の諸側面を成立させていく記号的エロティシズムを明かす。それは西欧家父長制的言説空間、彼の盟友ジャック・デリダのいう男根ロゴ《ファロゴ》ス中心主義《サントリスム》の矛盾を暴く方法論をも導くがために、ド・マンは間接的にジェンダー理論にも貢献し、スピヴァクやジョンソン、チェイス、カルースなど多くの女性批評家を育成した。脱構築は女性批評家を触発するという伝説は、このようにして生まれた。

しかし、それ以前の段階ですでに「革命」は起こっていたのだ。公式の文学批評史は一九六六年、デリダとド・マンがジョンズ・ホプキンズ大学の構造主義シンポジウムで遭遇した時点に脱構築批評の革命的萌芽を見る。しかし、それは必ずしも正確ではない。すでに一九四〇年代から六〇年代初頭にかけて、ニューヨーク知識人たちを代表する女性作家メアリ・マッカーシーと女性思想家ハンナ・アーレントが見えない革命を起こし、そのさなかへ飛び込んだポール・ド・マンのためにあらかじめ進むべき道を用意していたのである。そこに拓けていたのは、全体主義国家の廃墟へいったん失墜したイカロスが、まったく新たな翼を得て飛翔する最大のチャンスだった。

それがもうひとつのフェミニスト革命だったのかどうかは、定かではない。しかし、その瞬間にもはや後戻りできぬ「不可抗力」が備わっていたことだけは、まちがいない。

〈参考文献〉

Arendt, Hannah. *The Origins of Totalitarianism*. 1951; New York: Harcourt, 1985. 大久保和郎、大島通義＆大島かおり訳『全体主義の起原』全三巻（みすず書房、一九七二年－七四年）。

———. *On Revolution*. 1963; New York: Penguin, 2006.『革命について』志水速雄訳（ちくま学芸文庫、一九九五年）。

———. *Eichman in Jerusalem*. 1963. New York: Penguin, 1994.『イェルサレムのアイヒマン――悪の陳腐さについての報告』大久保和郎訳（みすず書房、一九六九年）。

Barish, Evelyn. *The Double Life of Paul de Man*. New York: Norton, 2014.

Brightman, Carol. *Writing Dangerously: Mary McCarthy and Her World*. New York: Clarkson Potter, 1992.

Cooney, Terry A. *The Rise of the New York Intellectuals: Partisan Review and Its Circle, 1934-1945*. Madison: U of Wisconsin P, 1986.

Dalton-Brown, Sally. "Is There Life Outside of (the Genre of) the Campus Novel? The Academic Struggles to Find a Place in Today's World." *The Journal of Popular Culture* 41.4 (2008): 591-600.

De Man, Paul. *Wartime Journalism, 1939-1943*. Ed. Werner Hamacher, Neil Hertz and Thomas Keenan. Lincoln: U of Nebraska P, 1988. 全訳はないが、このなかの重要記事の邦訳のうちでも、とくに下記を参照。「現代文学におけるユダヤ人」（土田知則訳）、岩波書店〈思想〉二〇〇六年一二月号、九六－九八頁。

Homestead, Magnus. "Concerning Dr. Reis Announcement." *Bardian Extra: Funeral Edition*. April, 1949. PDF.

Jefferson, Ann. "Early Works: Do the Collaborationist Articles of Paul de Man Undermine His Brilliance as a Critic and

Teacher?" *TLS* October 3 (2014): 3-4.

Johnson, Barbara. "Taking Fidelity Philosohically." *Difference in Translation*. Ed. Joseph F. Graham, Ithaca: Cornell UP, 1985. 142-148.

King, Richard. *Arendt in America*. Chicago: U of Chicago P, 2015.

Kudo, Timothy. "How We Learned to Kill: In the Madness of War, I Saw That Taking a Life Could be Banal." *New York Times Sunday Review* (March 21, 2015): 1&4-5.

Lehman, David. *Sign of the Times: Deconstruction and the Fall of Paul de Man*. New York: Poseidon, 1991.

———. "Paul de Man: The Plot Thickens." *New York Times* May 24 (1992).

McCarthy, Mary. *The Groves of Academe*. 1952. New York: Harcourt, 1980.

———. *Birds of America*. 1965. New York: Harcourt, 1971. 池澤夏樹＝個人編集世界文学全集 II-04『アメリカの鳥』中野恵津子訳（河出書房新社、二〇〇九年）。

———. *The Group*. 1963. Introd. Candace Bushnell. London: Virago, 2014. 小笠原豊樹訳『グループ』（早川書房、一九七二年）。

Sewell, Elizabeth. *The Field of Nonsense*. 1952. Victoria, TX: Dalkey Archive Press, 2015. 高山宏訳『ノンセンスの領域』（白水社、二〇一二年）

Shin, Hyewon. "Contemporary Academic Novels and Philip Roth's *The Human Stain*." MS. Workshop B "Wars of the Twentieth Century and Beyond II: Wars and Immigration." The 49th annual conference of JAAS (Japanese Association for American Studies). June 7, 2015. International Christian University (Tokyo, Japan).

Showalter, Elaine. *Faculty Towers: The Academic Novel and Its Discountents*. Philadelphia: U of Pennsylvania P, 2005.

Waters, Lindsay. "Introduction--Paul de Man: Life and Works." *Critical Writings 1953-1978* [Minneapolis: U of Minnesota P,

1989], xii
Williams, Jeffrey J. "The Rise of the Academic Novel." *American Literary History* 24.3 (Fall 2012): 561-589.
池澤夏樹『現代世界の十大小説』(NHK出版、二〇一四年)。
ウィルソン夏子『メアリー・マッカーシー――わが義母の思い出』(未来社、一九九六年)。
川崎修『アレント――公共性の復権』(講談社、一九九八年)。
佐伯彰一『自伝の世紀』(原著一九八五年、講談社、二〇〇一年)。
出口保夫『評伝ワーズワス』(研究社、二〇一四年)。
ジョン・ハーシー『ヒロシマ』(原著 一九四六年、石川欣一・谷本清訳、法政大学出版局、一九四九年)
ジョルジュ・バタイユ『ヒロシマの人々の物語』(原著一九四七年、酒井健訳、景文館書店、二〇一五年)。
堀邦維『ニューヨーク知識人――ユダヤ的知性とアメリカ文化』(彩流社、二〇〇〇年)。
宮田敏近『アメリカのリベラルアーツ・カレッジ――伝統の小規模教養大学事情』(玉川大学出版部、一九九一年)
『新カトリック大事典』(研究社、二〇〇九年)

第四部　注釈としての三章

――ガーバー、水村、ジョンソン――

第一章　箴言というジャンル
――ソーカル事件の余白に――

1　あるダンディの秘訣

「生きる秘訣はとことん、とことん騙される喜びを味わうこと」(The Secret of life is to appreciate the pleasure of being terribly, terribly deceived)――これは、オスカー・ワイルドが『つまらぬ女』(一八九四年)のうちに残したあまりにも有名な箴言のひとつである。もともと『真面目が肝心』(一八九五年)では「真実が純粋であることはめったになく、それが簡潔明快であることなど断じてありえない」(The truth is rarely pure and never simple)と記し、『嘘の衰退』(一八九一年)では「嘘をつくこと、すなわち美しくも真実ならざる物事を語ることこそ、芸術の正しい目的なのだ」(Lying, the telling of beautiful untrue things, is the proper aim of Art)と明言するほどに、彼は芸術至上主義者であった。

箴言。それはエピグラムやアフォリズムなどをも含む極小の文学ジャンルであり、ギリシャの医師ヒポクラテスから始まって、のちにエラスムスやモンテーニュ、ラ・ロシュフコーやパスカル、ゲーテ、ショーペンハウアー、ひいてはフランクリン、シャトーブリアンによって着々と織り紡がれ、今日ではウディ・アレンもその代表に数え上げられている。ニーチェはかつて「私の野心は他人が一冊の本で語ることを十行で語ることだ」と述べたが、彼とまったくの同時代を生きたワイルドは、一冊の本を書くのに寸鉄の一撃たる箴言を惜しげもなく散りばめることのできた天才である。そして、まさにその点に早々と着目し、ワイルドの諸作品の引用から箴言集を編纂したジョージ・ヘンリー・サージェントは、作家がいかに逆説的ではあっても、真実をめぐる真実をいかに絶妙に表現してきたかに心を砕く。したがって冒頭に引いた名言「生きる秘訣はとことん、とことん騙される喜びを味わうこと」は、まさに文学の悦楽をめぐる真実を語っているように響くのだ。

もちろん基本的に人を騙すこと、すなわち詐欺は犯罪であり、むかしもいまも詐欺罪で逮捕される犯罪者は星の数ほどいる。けれども、ふと二十一世紀を迎えてあたりを見回してみると、世にハイテク時代ならではの複合的な詐欺が横行し、そこにはすぐにも文学作品になりそうな物語がひしめく。文学史をふりかえってみても、数々の女性を誘惑した十七世紀スペインの好色貴族ドン・ジュアン（ドン・ジョヴァンニ）の人格は、いまなら一種の結婚詐欺師であるにもかかわらず、モリエールやモーツァルト、バイロン、プーシキン、リヒャルト・シュトラウスに至るまで、多くの芸術的才能を開花させた。わたしの専攻するアメリカ文学に限っても、十九世紀ロマン派作家エドガー・アラン・ポーは「精密科学としての詐欺」（一八四三年）なる作品を草しているし、その同時代人ハーマン・メルヴィルは後期の傑作『詐欺師』（一八五七年）で人間心理の深層を掴み、リアリズム作家マーク・トウェインは国民文学『ハックルベリー・フィンの冒険』（一八八五年）において王と公爵を名乗る典型的な詐欺師を登場させ、はたまたノーベル文学賞作家ジョン・スタインベックは『エデンの東』（一九五二年）でカネのためなら詐欺のみならず殺人や売春も厭わぬ史上最大の悪女を活写している。我が国の現代文学でも、たとえば劇団ひとりがオレオレ詐欺を巧みに料理し映画化もされた傑作『陰日向に咲く』(二〇〇六年)を挙げることができる。

かくも文学史において詐欺師が好まれるのは、必ずしも勧善懲悪の類型的プロットが人気を博すせいではあるまい。もともと詐欺師とは、言葉《スピーチアクト》の力のみによって、何より文学的想像力を刺激してやまない存在なのだ。そして、超一流の詐欺師は必然的に第一級の物語作者として、大衆をとことん楽しませてくれる。それはとりわけ一九六〇年代から九〇年代にかけて、言語の自己言及、ひいては物語の自己言及というパフォーマティヴを身上とするポストモダンの文学および批評において、ワイルド的な芸術至上主義が抜本的な再評価を受けた証左であった。

2 不愉快な嘘か、難解な真実か

ところが、一九九〇年代も後半にさしかかった九六年、ポスト構造主義の煽りを受けて勃興していた文化研究《カルチュラル・スタディーズ》の牙城たる学術誌〈ソーシャル・テクスト〉にひとつの問題論文が載る。著者はニューヨーク大学で教鞭を執る物理学者アラン・ソーカル、論文のタイトルはいかにも科学と文学のはざまを縫い、昨今なら文理融合型とでも呼ばれそうな「境界を侵犯すること――量子重力の変型解釈学へ向けて」。ソーカルは同論文が〈ソーシャル・テクスト〉誌一九九六年春季/夏季号に掲載されたのを見計らい、〈リンガ・フランカ〉誌一九九六年五月/六月号に、衝撃的なタネ明かし「暴露――物理学者は文化研究をこう試した」を寄稿した。そこで彼は自分の「境界侵犯——量子重力の変型解釈学へ向けて」がまったく根も葉もないインチキ論文《ホークス》であり、それは科学と文学の学際研究どころか、目下最もファッショナブルとされる文化研究の理論家たちが——つまりジャック・ラカンやジュリア・クリステヴァ、ドゥルーズ＝ガタリ、ジャン・ボードリヤールら主としてフランス系思想家たちが——難解な新造語だらけの専門用語をふりまわしつつ科学をポスト構造主義的、転じては社会構築主義的に解釈し、科学という隠喩を乱用するばかりであるのを告発するパロディ論文だったことを明かしたのである。そう、同論文が掲載された暁には、まさにその事実をもって、文化研究の担い手たる学術誌編集委員会そのものがいかにじっさいの科学的知識ばかりか、学際的な査読能力にも欠けているか、ひいてはポストモダンな文化研究そのものがいかにインチキ学問《ホークス》であるかが露呈するだろうと、ソーカルは想定したのであった。

　ポストモダンの文学理論を不愉快に思う傾向は、すでに一九七〇年代から明白である。一九三〇年代から五〇年代まで隆盛を誇ったアメリカ新批評はまだキリスト教聖書解釈学をふまえていたが、一九六〇年代以降、とりわけ六六年のジャック・デリダの北米デビュー以降、フランス構造主義以後の理論体系がいったんアメリカへ輸入されると、それはなにしろ西欧形而上学の根本たるロゴス中心主義をエクリチュールの暴力によって転覆させるのであるから、純然たるプロテスタンティズムが根強いアメリカ合衆国において一定の反感をもって迎えられたのは当然であろう。げんに脱構築理論の牙城イエール学派、別名イエール・マフィアの首領格であったベルギー系アメリカ人批評家ポール・ド・マンは死の前年にあたる最晩年の一九八二年、そうした荒波を意識した名論文「理論への抵抗」

を発表し、いまや脱構築批評そのものの代名詞と化した「理論」そのものが秘める自己脱構築的論理を実演してみせる。そしてド・マン没後の一九八七年、戦時中の彼がベルギーの新聞に親ナチ的／対独協力者的にしてユダヤ人差別的な若書きを少なからず発表していた事実が発覚し、激越な脱構築叩き、転じてはポストモダニズム叩きが起こり、時代は脱構築の遺産を引き継ぐニュー・ヒストリシズムやポストコロニアリズムへと転換していく。

この一連の騒動を「ド・マン事件」と呼ぶ。とはいえ、以後の十年間といえば、まさしくインターネットが普及した期間だったことも、忘れてはなるまい。一九九三年のビル・クリントン政権発足後には、副大統領アル・ゴアの提唱による情報ハイウェイが整備され、ポストモダン・メタフィクション作家ロバート・クーヴァーはハイパーテクストを応用した新たな文学創作ハイパーフィクションに乗り出している。それは脱構築理論が電脳空間上で実現していく歩みでもあり、だからこそ文化研究の裾野が拡大していったことは、すでにマイケル・ジョイス、ジョージ・ランダウ、スチュアート・モルスロップらが証明済みだ。

にもかかわらず、いや、だからこそというべきか、ド・マン事件でいったん沈潜したはずのポストモダニズム理論が、九〇年代も半ばを迎えて、再び批判の対象と化す。ソーカルは九六年のインチキ論文発表以後、ジャン・ブリクモンとの共著でこうしたポストモダン人文学における科学乱用の風潮を「ファッショナブル・ノンセンス」(fashionable nonsense)、岩波書店版邦訳の訳語を当てれば「当世流行の馬鹿噺」と命名して九八年には同題の書物（邦題『知の欺瞞』）を世に問う。

歴史的に正確を期すなら、じつはソーカル事件に二年ほど先行して、同様な理論への抵抗が太平洋から噴出し始めている。ニュージーランドはカンタベリー大学芸術哲学教授デニス・ダットンが主宰する学術雑誌〈哲学と文学〉*Philosophy and Literature*が一九九四年以来、毎年主催し発表してきたトンデモ本大賞ならぬ「悪文大賞」“The Bad Writing Contest”が、それだ。同誌は、現在の主導的批評家にして稀代の悪文の使い手たちをのきなみ俎上にあげ、一方的に同賞を授与していく。ダットン自身が〈ウォール・ストリート・ジャーナル〉一九九九年二月五日号に発表したエッセイ「言語犯罪」“Language Crimes”で説明するところによれば、彼がこうした悪文大賞を設立したのは、学生の読み書き能力低下どころか、まさに文章作法を教える教授陣自体の悪文癖を弾劾すべきだと考えたからだ。「生涯をかけてカントを研究する者として、哲学が必ずしもいい文章で書かれるとは限らないということは、よくわかっているつもりだ。とはいえアリストテレスやカントやヴィトゲンシュタインがきわめてむずかしい調子(most obscure)になるのは、彼らが人間知性の限界を試すほどに複雑で難解な問題に正面から取り組んでいるためである。それに比べれば、悪文大賞の受賞者たちのような破れかぶれのまじないもどきなど、お話にもならない。というのも、連中はといえば、議論の巧みさではなく議論のわかりにくさを利用することで、自分たちも思想史上の偉人たちと並ぶぐらいに偉いのだと示したいだけだからである」。ちなみに付記しておくなら、悪文大賞の受賞作推薦基準は「刊行された学術書ないし雑誌論文からほんの一、二文を対象にし、他言語からの英訳や皮肉な意味での候補、そして自己パロディが多い分野でのパロディは扱わない」というもの。(http://www.mrbauld.com/dutton.html)。

はたして受賞者には、マルクス主義批評の大御所フレドリック・ジェイムソン、哲学者ロイ・バスカー、ポストコロニアリズム理論家ホミ・バーバ、それにクイア批評家ジュディス・バトラーという、少しでも現在批評理論をかじった読者ならおなじみのそうそうたる顔ぶればかりが並ぶ。しかも、バトラーの論文に至っては、北米理論産業の総元締ジョナサン・カラーが責任編集を務める学術批評誌〈ダイアクリティックス〉一九九七年九月号が初出だったため、〈ニューヨーク・タイムズ〉が所感を求めてきたという。びっくりしたカラーは、文章と文脈の関連を強調するも、もともと悪文大賞の基準には、そうした正論を受けつけるところがない。

思い立ったカラーは、マーガレット・ファーガソンからピーター・ブルックス、バーバラ・ジョンソンからマイケル・ウォーナー、ガヤトリ・スピヴァク、それに肝心のバトラー本人まで大物批評家一ダースあまりを招集した。その結果、弟子であるケヴィン・ラムとともに完成した共編著『むずかしい文章——公共空間における学術的文体』(スタンフォード大学出版局、二〇〇三年)では、そもそも「むずかしい文章」はほんとうに「悪文」と同義なのか、「むずかしさ」にも粉飾にすぎない場合とそれが不可避な場合といったような水準があるのではないか、そしてそもそも「むずかしさ」が認識論的問題で生じるとしたら、それを単純に善悪に代表される倫理的問題に還元してしまっていいのか、といった真摯な問いかけが行われる。この問題意識に立ち、カラーとラムが序文において次のように脱構築の極意を連動させているのは、きわめて興味深い。

ポール・ド・マンにとって、このような問題は理論とその抵抗の現場となる。彼によれば「理論への抵抗を克服できるものは何もない、なぜならば理論自体がこの抵抗であるからだ」。こうしたパラドックスが何よりもはっきりと目に見えるのは、特定の学術的著作の悪文をめぐる議論の場においてなのである。（「序文——着飾ること、着飾らないこと」）

ふりかえるなら、同書から四半世紀ほど先立つ一九七八年、現代を代表する批評家ジョージ・スタイナーが画期的論文「むずかしさについて」（“On Difficulty”）を発表しており、文学研究における「むずかしさ」を四つの型に分類してみせている。第一のむずかしさ「偶発的なむずかしさ」“Contingent Difficulty”は「たまたまわからないだけで、必ずしも本質的ではないむずかしさ」、第二のむずかしさ「様式上のむずかしさ」“Modal Difficulty”は「時代や空間を超えた文学作品や文化的産物の理解につきまとうむずかしさ」だが、これもまた学習次第で何とか克服できる。第三のむずかしさ「戦略的なむずかしさ」“Tactical Difficulty”とはいったい何かといえば、これは「詩人が一定の文学的効果をあげるためにあえて詩的言語をわかりにくくする作業がもたらすむずかしさ」である。いやしくも文学者である限り、そうかんたんに読者にわかられてはたまるか、という、いってみれば作者から読者への挑戦状のようなわかりにくさと言ってもよい。

だが一番厄介なのは最後に控える第四のむずかしさ「存在論的なむずかしさ」“Ontological Difficulty”である。スタイナー自身の解説に準拠するなら、これはたとえば十八世紀の啓蒙主義時代、フランス革命時代に培われた想像力が十九世紀に入っていかにも効率中心の俗物的実証主義へと変貌してしまい、そのあげく、芸術家と社会とがお互いことごとく幻滅しあうことになった事実に代表される、絶対に理解し得ない感受性の変革を指す。この変革を経て、詩人はいかにも散文的な社会のなかで孤立を強いられることになったのである。かくしてスタイナーは「詩が何かを意味するのではなく、ただ存在する」ことの表現主義的な意義を認めつつ、まったく同時に「より洗練された実存主義的な水準において、詩は散種の詩学を、われわれがデリダや現在の記号論の学派に見出すような脱構築的で時間論的な読み方の詩学を生み出す」と説明し、「存在論的なむずかしさ」を再定義してみせる。存在論的なむずかしさは、したがってハイデッガーからデリダへ、すなわち存在から言語へ至る認識論的変容そのものにも関わるだろう。その結果、ほかならぬデリダ自身の文章が難解(obscure)と呼ばれるようになったのは皮肉であるが、しかしカリフォルニア大学バークレー校修辞学教授フェン・チェイが指摘するように、デリダ的文体のむずかしさは、はるかに根本的にむずかしい問題(a much more fundamental obscurity)に応答しようとするからこそ醸し出されている。その問題というのは、人間存在の根本を支えている「時間」が人間以外のものによって「贈与」されていることをめぐっている。人類学的にいう「人間」とは啓蒙主義的な理性の明晰さを特徴とする「知識の主体」だが、「時間」というのはまさしくわれわれが自分たちに与えたものでもなければ自分たちがあらかじめ所有しているものでもないために、人間理性では確信もできないし計算もできない対象なのだ。にもかかわらず、デリダの思考はたえずこの時間の贈与と現前の秩序という不可能な関係を考察しているために、むずかしい文章のかたちをとらざるをえない。つまり、時代や空間を超えて、あるいは産業革命やホロコーストなど決定的な歴史的事件を経て世界に存在論的な亀裂が入り、そのあげくわかりにくさが生まれることもあるいっぽう、近代的な歴史以前の段階で、そもそも人間理性の手を超えて贈与されてきた時間という枠組みに人間理性自身が取り組もうとするのだから、その不可能を成す哲学的な記述が「むずかしい文章」になるのは必然というほかない。

以上の理論が構築されたのは一九七〇年代後半のことだから、巨匠ジョージ・スタイナーの『むずかしさについて』はデリダに対して、まだいくぶんかは胸を貸す姿勢を見え隠れさせているが、いっぽう、それからきっかり四半世紀を経て脱構築を中心とするポストモダン批判が勃興したのちに出たカラー&ラムによる『むずかしい文章』が標的としているのは、ダットンの「悪文コンテスト」のみならず、文中でこそいっさいふれられていないものの、前掲ソーカル事件が代表するポストモダニズム批判である。ダットン＝ソーカル陣営は難解にもかかわらずファッショナブルに流通するポストモダン理論を叩くため悪文大賞やらインチキ論文といった新兵器を繰り出し、詐欺師まがいの不愉快なウソをついてまで奇襲するが、他方、北米の脱構築派を守るカラーやバトラーは、困難な主題を選択したがために難解な文体にならざるをえない必然をひとつの真実として、実直なまでに説き続ける。前掲ダットンはアリストテレスからヴィトゲンシュタインへ至る哲学者たちが「人間知性の限界を試すほどに複雑で難解な問題に取り組んでいる」がために文章が難解になったことを認めたが、ならばインターネットや人工知能（AI）が「人間知性の限界を試す」二十一世紀を生きる現代思想家たち、学者批評家たちもまったく同じ「複雑で難解な問題」に直面しているだろう。こうした論争の根本にひそむのは、ジョージ・W・ブッシュが大量破壊兵器をめぐるウソ八百《ホークス》をまくしたててもイラク攻略を正当化しようとした、アメリカ内部に連綿と流れる反知性主義《アンチ・インテレクチャリズム》と、フランス系理論を受容しつつ高度資本主義とも共振するかたちで成立しているポストモダニズムとの対立である。前者は後者が難解なのにファッショナブルに流通している一点を突破しようとするが、その本音はウソも方便なる俗流プラグマティズムにもとづく反フランス主義的ポピュリズムと言ってよい。ソーカル的偽論文を受け入れてしまう傾向は、ブッシュ的詐術をも容認する精神性と、どこかでつながるだろう。

しかし、新たな世紀転換期を迎え、以上に述べてきたポストモダニズム批判への最も強力な対抗措置のひとつが、文字どおり「ファッショナブル」の一点においてなされるばかりか、まさにこの文脈において、オスカー・ワイルドの箴言への再評価がなされたことを、見逃すわけにはいかない。

3 ファッショナブルの文学

格好の論客は、シェイクスピアを中心に服装倒錯など大衆文化にも造詣の深いハーヴァード大学教授で同大の人文学研究所所長、視覚環境学科長を歴任してきたマージョリー・ガーバー。論考のタイトルは、ずばり「ファッショナブル」(**Fashionable**)。彼女が二〇〇三年に刊行した著書『引用符』第二章として収録されているが、わたし自身は二〇〇〇年十二月末に開かれた近現代語学文学協会(MLA)の年次大会がワシントンDCで開かれた折に、とあるセッションで彼女がその草稿を読むのを聞き、ソーカル事件への巧みにしてそれ自体がファッショナブルに演出された反撃に、深く感銘を受けた。

ガーバー論考のエピグラフには、ジョン・ラスキンの言葉が掲げられている――「趣味の良し悪しさえ見れば、どんな倫理観の持ち主であるかは一目瞭然。何が好みか言ってみたまえ、さすればあなたがどんな人物かを当ててみせよう」(ガーバー 三三頁に引用)。

今日のわれわれの倫理観の根拠を成す啓蒙思想家イマニュエル・カントの三批判においては、自然を対象とする純粋理性（知性）と自由を対象とする実践理性（道義心）のあいだに芸術＝技術を対象とする判断力（趣味／審美眼）が置かれ、この判断力こそ純粋理性と実践理性を媒介する能力と定義されるが、さてラスキンの場合は判断力の領域と実践理性の領域が同一視されているところが特徴的だ。そして、それはまたガーバー自身の拠って立つ基盤でもある。というのも、彼女は以下の議論において、判断力が担当する趣味の領域にファッションおよびそれとほぼ同義のスタイルを定位し、それがいかに倫理観と関わるかを一貫して検討していくのだから。

ガーバーはまずソーカルとブリクモンの言う「ファッショナブル・ノンセンス」を同語反復的と斬り捨てる。ファッショナブルであることはノンセンスたらんとし、意味をなさないものを創造することだとすれば、彼らがフランス系理論家を標的に据えたのは偶然ではない。もう一歩進んで考えるなら、ファッショナブルたらんとすることはフランス風たらんとすること、すなわち軽佻浮薄で表層的たらんとすることなのだと、彼女は言う。

歴史的にふりかえれば、十一世紀のノルマン人の征服以来三世紀ほど経ったところでイギリス人もフランス語で書くようになったが、にもかかわらず英語がそのアイデンティティを保つためには、フランス語は「不愉快な隠語」の地位に甘んじるほかなかった。やがて中世を迎え、民族融合が進みフランス語が外国語というよりファッショナブルな言語と観られるようになるにつれて、フランス語はますます英語に侵入してくる。いかにもインテリ風で優雅だが、じっさいのところ完全には理解不能な難解言語を偏愛する風潮はいつの時代にもあるもので、英語という母語を愛する人々はそうした

「不愉快な隠語」の侵入に対し、けんめいに防衛しようとしたのである(ガーバー 三五頁)。イギリス・ルネッサンスからピューリタン植民地時代にかけて、こうした反フランス的無意識が、いわゆる庶民のためのわかりやすい英語文体「平明体《プレイン・スタイル》」の普及を要請したと考えるのは、おそらく的外れではあるまい。以上の経緯には、フランス語の体系全体を、その意味内容ではなくファッショナブルな記号表現《シニフィアン》にすぎぬものと見て差別する、それ自体がファッショナブル・ノンセンスと呼ぶほかはない偏見の歴史が巣食っているのであり、ダットンやソーカルもまた例外ではない。彼ら自身の偏見が歴史的構築物にすぎないのだ。

十九世紀に入ると象徴派詩人シャルル・ボードレールがファッションとは歴史家が看過できぬ重要な美的にして歴史的な範疇なのだと喝破するし、その精神を継いだロラン・バルトはすでに一九六七年の段階でファッションの記号論『モードの体系』を上梓し、世界的影響を与えている。バルトやデリダらフランス系理論のアメリカにおける受容体であったポール・ド・マンもまた、一九八二年には以下の文章を残した。

ファッションをないがしろにするのがファッショナブルな時代が来たら、興味深い現象と見るべきだ。ただのファッションではないかと軽んじられるものに限って、いくら軽佻浮薄に見えたとしても、じっさいのところ粘り強く生き残り、やがては脅威と化していくはずである。(ハンス・ロベルト・ヤウス『受容の美学へ向けて』ミネソタ大学出版局版[ティモシー・バフティ訳]への序文)。

ここでガーバーのスタイル理論は興味深い方向へ赴く。彼女によれば「平明体」の対義語は必ずしも古典語まじりの金襴緞子《クロース・オヴ・ゴールド》ではなく「尖筆体《ポインテッド・スタイル》」であるという。ファッションとも関連の深いスタイル(style)の語源は先の尖ったもの(stylus)であり、それはかのアメリカ・ロマン派作家エドガー・アラン・ポーが晩年に実現しようとしていた自分自身の雑誌のタイトル「スタイラス」に思い込めたように、ペン先とともに寸鉄の一撃の意をも表わす。したがって、あえて「尖筆体」と呼ぶのは同語反復的と言ってもよい。しかし、まさにそうしたスタイルを想定することによって、ガーバーは尖筆体ならではの文学ジャンルとして警句や風刺を列挙し、その最大のものとして箴言を挙げる(本来ならば、ヴァリエーションである「アディージ」や「プロヴァーブ」「マクシム」「アフォリズム」などの形式についてもひとつひとつ定義と注釈が必要なのだが、残念ながら日本語にはこれらを正確に弁別する定訳体系が存在せず、文脈次第で「格言」「金言」「名言」などが任意に用いられているため、本稿ではあえて範囲の広い「箴言」で統一する)。

　これが肝心なのは、かつて博物学者ビュフォンが「文は人なり」と言い、前掲ラスキンが「趣味の良し悪しさえ見れば、どんな倫理観の持ち主であるかは一目瞭然」と語ったように、スタイルと倫理観は必ずしも無縁ではなく、その両者を結ぶ条件こそが美的センスを包括する「ファッショナブル」の概念なのだというところに、ガーバー独自の発想が胚胎しているからだ。ファッショナブルの機能を突き詰めるなら、審美眼と倫理観を——すなわち美と真実とを——巧みに凝縮し最小の規模ながら最大の効果を発揮する文学ジャンル「箴言」を避けては通れない。そして、箴言ジャンル史上最高の名声をほしいままにしているのが、ガーバーの見るところオスカー・ワイルドなのである。げんにワイルド自身が「教育過剰な人々を指導するための箴言集」（一八九四年）および「若者の使い道に関する言葉と哲学」（一八九四年）のなかで、スタイルをめぐる以下の言葉を残している。

「真に中世人たらんと欲すれば肉体を捨てねばならない。真に現代人たらんと欲すれば魂を捨てねばならない。真にギリシャ人たらんと欲すれば衣服を捨てねばならない」（To be really medieval one should have no body. To be really modern one should have no soul. To be really Greek one should have no clothes）

「時にいささか着飾りすぎてしまう場合、バランスを取る唯一の方法は、たえず誰にも負けぬほど過剰な教養を纏うことである」（The only way to atone for being occasionally a little over-dressed is by being always absolutely over-educated）

「文章《スタイル》の名手だけが、まんまと人を煙に巻くことができる」（Only the great masters of style ever succeed in being obscure）

かくも真実をめぐる真実に忠実だったワイルドは、猥褻罪による監獄生活を経た一八九七年五月に釈放されたのち、ヨーロッパへ逃亡して人目にふれぬ生活を送り、最後の住所はパリのサンジェルマン・デ・プレに位置するオテル・ダルザスとなった。「作品を書けても創造の喜びを失ってしまった」にもかかわらず、フランスの首都で晩年を過ごし、一九〇〇年十一月三十日没。ファッショナブルの哲学どおりにダンディズムによって自己粉飾《セルフ・ファッショニング》し、美と真実を融合させた箴言の巨匠にとって、フランスの魂パリこそは、まことにふさわしい終の住処であった。

〈参考文献〉

Culler, Jonathan and Kevin Lamb, eds. *Just Being Difficult?: Academic Writing in the Public Arena.* Stanford: Stanford UP, 2003.

De Man, Paul. Introduction. Hans Robert Jauss, *Toward an Aesthetic of Reception.* Tr. Timothy Bahti. Minneapolis: U of Minnesota P, 1982. xx.

———. *Resistance to Theory*. Minneapolis: U of Minnesota P, 1986.

Dutton, Denis. "Language Crimes." http://www.mrbauld.com/dutton.html

Garber, Marjorie. *Quotation Marks*. New York: Routledge, 2003.

Sokal, Alan and Jean Bricmont. *Fashionable Nonsense: Postmodern Intellectuals' Abuse of Science*. New York: Picador, 1998. 堀茂樹他訳『知の欺瞞——ポストモダン思想における科学の濫用』(東京：岩波書店、二〇一二年)。

Steiner, George. *On Difficulty, and Other Essays*. New York: Oxford UP, 1978. 加藤雅之・大河内昌・岩田美喜訳『むずかしさについて』(みすず書房、二〇一四年)。

The Editors of Lingua Franca. *The Sokal Hoax: The Sham that Shook the Academy*. Lincoln: U of Nebraska P, 2000.
Wilde, Oscar. *Epigrams & Aphorisms*. Ed. George Henry Sargent. Boston: John W. Luce, 1905.
ロバート・ハリス『アフォリズム』（東京：サンクチュアリ出版、二〇一〇年）。
グレース宮田『オスカー・ワイルドに学ぶ人生の教訓』（東京：サンマーク出版、二〇〇九年）。
オスカー・ワイルド『サロメと名言集』川崎淳之助&荒井良雄編訳（東京：新樹社、一九九八年）。

第二章　アレゴリーはなぜ甦る
——水村美苗のポール・ド・マン——

「ミナエ・ミズムラという人を知っているか？」と尋ねてきたのは、そのころ同じ教室で机を並べていたクリストファー・ニューフィールド（現カリファルニア大学サンタ・バーバラ校教授）だった。かれこれ三十年前の一九八五年、ニューヨーク州北部の学園町イサカに位置するコーネル大学英文科大学院における一コマである。クリスの専攻はわたしと同じく十九世紀半ばのアメリカン・ルネッサンス時代の文学。とくに超越主義思想家ラルフ・ウォルドー・エマソンへの関心を深めていた彼は、ハロルド・ブルーム周辺の現代批評にも人並み以上に親しんでおり、文学理論を講ずるジョナサン・カラーの授業でもピューリタン文学を語るマイケル・コラカチオの授業でも、毎週のように顔を合わせていた。かてて加えて、彼を中心とする月例の院生読書会でも、わたしは常連だった。

当時といえば、折しもイエール大学の誇る文学研究誌〈イエール・フレンチ・スタディーズ〉第六十九号の質量ともに充実した〈ポール・ド・マンの教え〉特集号が出たばかり。もちろんほかのクラスメートたちと同じく、刊行されるやいなやキャンパスの書店で買い求めたものだ。イエール脱構築派の領袖ポール・ド・マンは一九八三年に没したが、八五年から八六年にかけては、なおもそれが北米における文学研究の最先端を成すことに変わりはなく、だからこそ大学院生たちも先を争って同誌を読んでいた。しかもコーネル大学はかつて六〇年代、ド・マン自身がガヤトリ・スピヴァクらを指導していた前々任校であるうえに、脱構築批評の牙城のひとつである批評理論誌〈ダイアクリティクス〉を定期刊行し、その主要編集委員には北米におけるポスト構造主義思想最大の啓蒙家カラーが加わっていた。この新しい理論的風潮に留保を付していた保守的な教授陣も「優秀な学生に限って脱構築をやろうとする」と認めざるを得ず、院生側も院生側で「新しい理論だからこそ若手にも未踏の大地が開けている」と見る民主主義的幻想に駆られていた。そんなフランス系アメリカ知識人たちが織りなす批評理論の稠密なる言説空間〈イエール・フレンチ・スタディーズ〉のうちに、すなわちジャック・デリダはもちろんジェフリー・ハートマンやアンジェイ・ワーミンスキといったこわもてする面々のうちに、たったひとり聞き慣れぬ名前の日本人女性執筆者が混じっていたのだから、若き日のビル・クリントンを思わせる風貌の純然たる白人批評少年クリスにとっては、驚きだったにちがいない。したがって、コーネル大学英文科大学院においてたったひとり日本人であったわたしとのあいだで、以下のような会話が交わされた。

「本人は知らない。でも彼女の論文は読んだよ」とわたしは答えた。

「凄い人じゃないか。ジョナサン(・カラー)の論文『叙情詩を読む』と並んで載っていたけど、ぜんぜん引けを取らない」

「うん、バーバラ・ジョンソンともシンシア・チェイスともちがう。ミズムラはむしろド・マンの論理を使ってド・マンの限界を衝いてるね」

「あれでまだ大学院生なんだろ。しかも著者紹介では、フランス文学専攻なのに近代日本文学で論文執筆中とある。変わった人だよね。だから訊いたんだ」

「詳しくはわからないな、申し訳ない」

他愛もない会話にすぎないが、当時、一九八〇年代半ばの北米アカデミアを席巻する欧米系批評理論の中心にひとりの未知の日本人女性が登場したことの衝撃は、容易にわかっていただけるだろうか。そのころ、アメリカで人文学系の博士号請求論文を執筆しようとしたら、誰もがいちどは通過しなければならない理論的大御所を、この女性は指導教授にするばかりか、とうに彼の論理構造をパスティーシュしてみせるだけの高度な学問的水準に達していることを、その論文はまさに文体そのものによって、如実に示していた。したがってわたしにとっては、この著者はひとまず“Minae Mizumura”としてこそ意味を持ったのであり、正確にいえば「ミナエ・ミズムラ」でもなければ「水村美苗」ですらない。同様に、いささかぶっきらぼうに命名されたこの論文“Renunciation”にしても、「拒絶」とも「放棄」とも「断念」とも解釈できる、原理的にして倫理的な響きを備え、容易には翻訳しきれない幅をもつ(本稿では邦訳に従い、以下「拒絶」で統一する)。

その主張は決して難しくはない。ポール・ド・マンの初期、とりわけ六〇年代までの著作には頻繁に登場していた「拒絶」“renunciation”なる単語が、記念碑的論文「時間性の修辞学」が発表された一九六九年を境に、とりわけ七〇年代以降にはなぜか影をひそめてしまうことに興味を覚えた著者が、ド・マンが意識を中心とする存在論的批評から言語を中心とする修辞学的批評へと転回を図った過程において、“renunciation”すら“renunciation”の対象にしてしまったのだと、それこそド・マン的論理で貫かれた流麗な英文で綴ってみせたのが、この論考である。とりわけ論考の結末には、修辞学的転回後の荒野にて、なおも誘惑を拒絶し禁欲を続ける、あたかも批評界の救世主のごときド・マン像が素描されて、強く感銘を与えたものだ。

ふりかえってみれば、当時一九八〇年代はまだ、いまのように村上春樹をはじめとする日本文学がぞくぞくと訳されるばかりか、サイバーパンクを経たインターネット文化の興隆とともにマンガやアニメを中心に日本的大衆文化全般が北米における学術研究の対象となりうる時代の到来など、夢のまた夢。したがって、この未知の著者の英文があまりにも高い完成度を誇れば誇るぶんだけ、わたしは彼女自身が純然たる日系アメリカ人なのではないか、ド・マンの「拒絶」"renunciation"を論じながらもじつは自己の日本(語)的起源をいったん「拒絶」"renunciation"せざるをえなかった人物ではないか、欧米的言説空間で生きていくことをどこかで決意した人物ではないかと、勝手に想像たくましくするしかなかった。

そのゆえんのひとつは、ド・マンの根幹を成していたシンボルとアレゴリーの理論をめぐって、ミズムラが行なった再定義が、以後少なからぬ影響力をふるうようになったことにある。「したがってシンボルとアレゴリーのあいだの緊張関係は、テクストの読解可能性を想定すること、すなわち記号と意味とを調和させることの誘惑にかられながらも、まさしくそうした誘惑を却下せんとする緊張関係に等しい」("Renunciation," 九一頁)。

この文章に注目したジョナサン・カラーは、自身の著書『記号の枠組』(ブラックウェル、一九八八年)で彼女に言及し、ごく最近の新著『理論における文学性』(スタンフォード大学出版局、二〇〇七年、折島正司訳『文学と文学理論』[岩波書店、二〇一一年])でも再度、別の文脈で取り上げている。まず前者『記号の枠組』に収録された論文「ド・マンの修辞学」は、同書刊行の前年一九八七年にド・マンが戦時中に執筆していた親ナチ的／反ユダヤ人的文書が発見されたこと、その思想のおぞましさに触れながらも、彼はここで、旧来のシンボルがいかに超越的な身振りでテクストの全体的統一を図ろうとしてきたか、それに引き換えアレゴリーとはいかにそうした全体的統一化に抵抗する断片化の試みであったかを再検討し、それによって戦後におけるド・マンの脱構築理論そのものがナチス・ドイツ的全体主義思想への抵抗として読み直せる可能性を示唆するという、強力な弁護を試みる。そして、まさにこの論脈「超越的全体化の拒絶」を物語る瞬間、ミズムラの理論が援用され、引用直後には下記のような本質論まで付されるのだ。「このとき言語的な問題系と自己をめぐる問題系とが出会う。文学が立ち現われるのは、経験的な自己と言語内にしか存在しない自己とを和解させようとする誘惑と、まさにその誘惑を断ち切ろうとする拒絶とのあいだの緊張においてである。いいかえれば、死にゆく自己と死を知りつつもその運命を変えられない自己とのあいだのズレが露呈する瞬間においてである」（一一二）。この付言は、カラーがド・マン自身をいかに文学化しようと苦闘しているかを推察させる。

しかし、それからほぼ二十年後、「抵抗の理論」なる論文で、ミズムラのまったく同一箇所を引くカラーは、それに対するコメントを次のように修正する。

アレゴリーを探求することとは、シンボルにおいて裏付けられてしまうような（文学の）理論に対し抵抗することだが、しかしアレゴリーの理論を構築することとは記号と意味——とくに精読によって露呈するといわれる意味——とのあいだの矛盾に抵抗することだ。しかしさらに火急の問題として生じてくるのは、シンボルによる意味再回収への何らかの抵抗たるアレゴリーが、歴史とのあいだにどんな関わりを結ぶかということである。（八六―八七頁）。

とはいえ、まことに皮肉なことに、この問題意識自体は、とうにミズムラのド・マン論第一行目から顕著なものであった。彼女はこう切り出していたからである。

ひとりの書き手が死ぬことでその作品の読み方に何らかのちがいが生じるとするなら、そのひとつの徴候は、わたしたちが突如、テクストをそれ自体の歴史をもつものとして捉えたくなる衝動であろう。終わりがあるなら始まりもあったのではないか――そして終わりと始まりのあいだには興味深い物語が存在したのではないか、と考えたくなるからだ。（"Renunciation" 八一頁）。

四半世紀前に無理矢理逆行して、とうに亡びてしまった抽象的理論の再検討をくりひろげているかのように聞こえるだろうか。しかし、わたしがたったいま行なおうとしているのは、ド・マン理論の中核を成すシンボルとアレゴリーの差異のうちに、戦後アメリカへ亡命し、ナチ的全体主義とも全体化指向とも、ひいては祖国ベルギーはブリュッセルで培われた母語とも国語とも決別し、そこへ回帰する誘惑を感じつつも、その誘惑自体を拒絶＝放棄＝断念《リナウンス》することでしか存在しえなかったひとりのロマンティシズム文学者の、それ自体あまりにロマンティックな「歴史」を再確認することである。それは、「水村美苗」として日本に生を享けた主体が、十二歳でアメリカ移住を余儀なくされ「ミナエ・ミズムラ」となり、日本近代文学が表象する母国への望郷の念にかられながらも、二十年間ものあいだ正式には帰国し得ないばかりか、英語のみならずフランス語フランス文学まで専攻することになった「もうひとつの歴史」と、どこか共振するはずである。かくして、「ミナエ・ミズムラ」が「水村美苗」へ(再)転回したあとに発表した『私小説――from Left to Right』(新潮社、一九九五年)が在米生活二十年目にあたる八〇年代のイエール大学院時代を回想する以下の一文で始まるとき、そこにド・マンが同じくアメリカ移民生活二十年目の六〇年代末期に"renunciation"をめぐる決定的転回点を迎えていたことを連想しないわけにはいかないのだ――"Alas! Twenty years since the Exodus!"

あるいは、漱石の未完の遺作の完成を目論んだ『續 明暗』(筑摩書房、一九九〇年)にしても、『私小説』(新潮社、二〇〇二年)とも共通する設定をさらにエミリ・ブロンテのとてつもなくロマンティックな『嵐が丘』でひとひねりした『本格小説』を引き合いに出しても、起源への想いとそこからの無限の落差という点では、同じことである。聖書でいうユダヤ民族の民族離散《ディアスポラ》は悲劇でしかないが、しかしスピヴァク提唱になる惑星思考《プラネタリティ》の文学が探求される新世紀においては、いかなる民族であろうと、ディアスポラの意識のない現代文学は存在しない。とりわけ一九三〇年代大恐慌や七〇年代オイルショックといった経済的破綻と連動するかたちでディアスポラ文学の新たなかたちが探求されたことは、すでに文学史が証明するとおりである。

しかし、だからこそわたしは、起源＝全体性に対する郷愁が決して成就されず、起源＝全体性への回帰を促す誘惑とそれへの拒絶のはざまでいつも宙吊りにならざるを得ないド・マン的文学観を思い出すのだ。もともと、いちどは信じられないほどの高みへ達しながらも転落せざるをえなかったものたちへの切々たる想いは、ロマンティシズムの前提であった。だからこそ、かつては圧倒的な隆盛を誇りながらも批評史から棄却されざるをえなかったド・マン的脱構築理論の精神が、とくにそのアレゴリーの心が、いま水村を通した漱石、水村を通したブロンテというかたちで命脈を保ち、しかも日本近代文学を支えた「日本語」への強烈にして叶わぬ想いに貫かれているのに気づくとき、まことに逆説的ながら、そこにこそ日本語文学の豊穣化の可能性が浮上するのだ。アレゴリーとは、何よりもまず国語と普遍語とのあいだで生じる現象ではなかったか。それは、いちど拒絶=放棄=断念《リナウンス》された言語へ回帰する夢であるとともに、回帰しえたと思った瞬間、起源の言語とは決定的にズレてしまうことを自覚せざるをえない悪夢。いちどはひとつの国語を放棄して普遍語たる外国語の高みに昇りつめようとする夢と、以後再び国語へ戻ろうとしながらも容易には果たされぬ苦汁を嘗める悪夢。だが、このような国語をめぐるアレゴリーを抜きにして、どのような文学も創造されることはない。

　いまのわたしたちはおそらく、ひとつの終わりではなく、すべての始まりに直面している。それは、以後の全地球における文学者すべてに起こりうる惑星思考的な構図として、目前の地平に立ち現れている。

第三章　人造美女の墓碑銘
――バーバラ・ジョンソンの遺言――

Confusion will be my epitaph.　—King Crimson (1969)

1　アメリカ的批評のスタイル

去る二〇〇九年秋のこと、河出書房新社が発行する文芸雑誌『文藝』二〇〇九年冬号が「自分の小説観を変えた小説・評論三冊」を特集するのでアンケートに答えよという要請が来たので、即座にハーマン・メルヴィル『白鯨』（原著一八五一年［Herman Melville, *Moby-Dick*］）八木敏雄訳（岩波書店）、沼正三『家畜人ヤプー』（一九五六年―七〇年、角川書店）、バーバラ・ジョンソン『批評的差異』（原著一九八〇年［Barbara Johnson, *The Critical Difference*］、ジョンズ・ホプキンズ大学出版局、二〇一六年には土田知則訳が法政大学出版局より刊行予定）の三冊を選んだことがある。いささか手前味噌になるが、以下に回答文の全文を掲げよう。

小説がわかるかどうか――これは文学青年的問いかけの紋切型である。それは、とある英米文学者が「ジョイスの『ダブリナーズ』を読むと、自分は北陸出身だからじつによくわかる」と語った評言に尽きている。

しかしいっぽう、小説のうちには「何が何だかよくわからないけれども面白い」怪物が出現することがあり、そのタイプにこそ、わたしは長く惹かれてやまない。アメリカ文学ではメルヴィルの『白鯨』が、日本文学では沼正三の『家畜人ヤプー』が、それぞれ極北だろう。加えて、そうした倒錯的評価基準自体を理論化しつつ、批評そのものが小説のように面白く読めることを証明したのが、ジョンソンの手になる脱構築批評の聖典『批評的差異』であった。

小説二作のほうは解説不要だろう。だが批評のほうで挙げた著者バーバラ・ジョンソンは、脱構築(ディコンストラクション)華やかなりしころ一世を風靡したとはいえ、必ずしも邦訳が多くはないから、ひょっとしたらいまではすっかり忘却されているだろうか。しかし、かれこれ四十年近くも前、ジョナサン・カラーとも比肩する彼女の論考に出会わなかったら、わたしは構造主義や記号論に親しむこともアメリカ留学を考えることも、現代批評の最先端とポストモダン小説の最前衛、とりわけSF的想像力の原形質とが共振しているのに気づくことも、そして何より英語でしか表現しえない批評的フロンティアへ自ら踏み込むことも、決してなかったろう。少なくとも、八〇年代電脳文学の幕開けとなったサイバーパンク作家ウィリアム・ギブスンの初期短篇「ガーンズバック連続体」に登場する「記号的幽霊」の概念や名作短篇「冬のマーケット」に登場する「自己脱構築装置」をリアルタイムで理解するのは、おぼつかなかったと思われる。脱構築理論に親しむ以前に、ジョンソンのシンプルにしてスリリングな論理展開による批評芸術こそが「自分の小説観を変えた」のは間違いない。げんに、その第一著書『批評的差異』に収録されたさまざまな論考のうちでも「メルヴィルの拳」や「参照の枠組――ポー、ラカン、デリダ」は、メルヴィルの謎めいた中編小説『ビリー・バッド』やポー最高の探偵小説「盗まれた手紙」を中心に、あくまでテクストの細部を精読しつつ旧来の定説を心地よくも転覆し、さらには誰もが見過ごしていた文学的本質を明るみに出した点で、時に「書くことのレトリック」ならぬ「読むことのレトリック」がいかに強烈な破壊的創造力を発揮するものであるかを、思い知らせてくれたのだった。

バーバラ・ジョンソンは一九四七年ボストン生まれ。バリバリの団塊の世代として激動の一九六〇年代に青春を過ごし、一九七九年にはイエール大学にてド・マンの指導のもと博士号請求論文『詩的原語の脱構築』(邦訳・水声社)を書き上げ、八〇年に『批評的差異』を、八一年にはデリダの『散種』英訳を、八七年に『差異の世界』(邦訳・紀伊國屋書店)を矢継ぎ早に刊行してイエール学派の一翼を担った、まぎれもない時代の寵児であり、ここ四半世紀ほどはハーヴァード大学教授を務めていた(詳細は拙著『メタファーはなぜ殺される――現在批評講義』[松柏社、二〇〇〇年]第二部参照)。

こう紹介すると、ヨーロッパ系の難解をきわめる現代思想を英語圏でわかりやすく普及した啓蒙家のひとりであるかのように響くかもしれないが、しかしその仕事は一枚岩ではない。それは英語による批評文体の革命であった。ヨーロッパ思想を何よりも深遠と見る向きは、それがアメリカ的土壌に移植された帰結を往々にして軽んじる。独創的な思想的実質が誰にでも使える民主主義的文体に転換されてしまうことに対する、それは精神的自己防衛であろう。だが、文体という形式そのものに思想が宿っていることを、人は時として見過ごす。かのアメリカ建国の父祖の代表格である北米啓蒙主義者ベンジャミン・フランクリンを賛美したのはほかならぬイマニュエル・カントであり、かの北米ロマン主義文学の理論的背景を演じた超越主義者ラルフ・ウォルドー・エマソンを賞賛したのはほかならぬフリードリッヒ・ニーチェであったが、フランクリンにせよエマソンにせよ、いずれも最大の魅力はアメリカ的文体の水準で発揮されていた。その意味で、ジョンソンは脱構築を実践するさいにも、彼女独自にしてアメリカ的な、あまりにアメリカ的な、ありとあらゆる「形式美」に対する偏愛を貫いたといえる。人間が動物と袂を分かつのはナルシス的な「かたちへの偏愛」に尽きる、と見るのが彼女の一貫した批評的前提なのである。わたしが一時、そんな彼女自身の英語のかたちそのものの美しさを徹底的に研究し調べ上げ、そこから多くを学び取ったゆえんも、「かたちへの偏愛」が転移した結果であろう。

2　墓碑銘文学の伝統

そもそも、今日に通じるアメリカ的文体の開発者とも呼ぶべき十八世紀の偉人フランクリン自身のうちに、二十世紀末の脱構築の萌芽ともいえる名詩「墓碑銘」がある。この作品を彼はまだ弱冠二二歳の時に、いささかも死の危険を察知したわけでもないのに書き上げている。

印刷屋ベンジャミン・フランクリンの肉体、ここに眠る

古本のごとく、その内容はバラバラになり
その文字も金箔もなくなり、
ただ虫に食われるばかりとなって。
しかし、この作品を決して忘れることなかれ
なぜなら、フランクリン自身が信ずるごとく、
本書はやがて新版となり、
より完璧な版となって再出版されるであろうから。
そのときには、作者による修正も終了しているはずである。
一七〇六年一月六日生、一七××年没

フランクリンは一七九〇年まで生きるので、文字どおり十八世紀全体ばかりかアメリカ合衆国の精神を体現した人物だが、ここに表現されたのは若く弾けるような文学的才能にほかならない。何しろ、自身の人生そのものを書物にたとえ、初版の誤植が再版のときに訂正されることで、すなわち青春時代の過ちが大人に成るにしたがい修正されることで生きのびるであろうことが謳われている。何らかのテクストの著者である限り、恥多き人生も修正のチャンスを得るばかりか、その生命はテクストの再版が続く限り保証されるという、あっけらかんとしたアメリカニズムが、ここにある。かくして、以降のアメリカ文学では、ロマンティシズムはいうまでもなくモダニズムに至るまで、墓碑銘は一種のスピーチアクト的プラグマティズムの伝統を担って来た。それは墓碑銘に限らず、われわれがテク

ストを読むことや書くことの根源に迫る。言ってしまえば言語そのものにひそむ怪物的効果によって、生命のないものが一瞬とはいえ生命を帯びてしまうこと、これである。ポスト構造主義の一翼だった脱構築批評の根本は、よく抽象性過剰ということで非難されるが、けっきょくのところその本質は、墓碑銘のうちに言語の本質を洞察するという、単純素朴なところにあったのではあるまいか。ポール・ド・マンの「メタファーの認識論」が提起する比喩の乱用や、ジャック・デリダが「バベルの塔」で提起するバベル的言語混乱のうちにひそむ脱構築的成り立ちなどは、すべて墓碑銘のスピーチアクト理論を裏書きするといってよい。アメリカ新批評が文学作品のうちにユダヤ＝キリスト教的な神のロゴスを見出そうとした点でプロテスタンティズムの聖書解釈学に近接することは頻繁に指摘されてきたけれども、いっぽうフランス系アメリカから生まれた脱構築批評は、聖書ならぬたんなるモノとしてのテクストが神でもロゴスでもないたんなるメカニズムとしての言語《スピーチアクト》の力によってなぜか生命を帯びてしまうこと、しかも独り歩きし始めてしまうことをめぐる理論であったと断定しても過言ではない。それは、何よりも修辞学の基礎を成す「かたち」(figure)への偏愛であった。

だからこそ、去る二〇〇九年四月、サバティカルを利用してボストン滞在中だった折も折、ハーヴァード大学出版局から出たばかりのジョンソンの新刊『人間と物』*Persons and Things* を手に取り、その批評的スタンスがいつになくはっきり表現されているばかりか、決して少なくないＳＦ小説やＳＦ映画をめぐる議論が展開されていることに、わたしは軽い眩暈を覚えたものである。

なにしろ、これまで欧米文学史の正典を中心に人種や性差や階級をめぐりシャープな分析を行なってきた知性が、本書ではマルクスやベンヤミン、ド・マンの理論を再援用しつつ、何とＥ・Ｔ・Ａ・

ホフマンの『砂男』やヴィリエ・ド・リラダンの『未来のイヴ』、フィリップ・K・ディック原作の映画『ブレードランナー』、ブライアン・オールディス原作／スティーヴン・スピルバーグ監督の映画『AI』からバービー人形、ディズニー・アニメ、マイケル・ジャクソン、それに我が国のたまごっちまで、現代文化における「かたち」に飽くことなき好奇心を示し、旧来の「かたちへの偏愛」においても新境地を切り開いたのだから。

むろん、彼女の出世作のひとつがメアリ・シェリーの古典SF『フランケンシュタイン』におけるマッドサイエンティストと人造人間の関係に母と娘の関係性を読み込むフェミニスト的解読「わたしの怪物／わたし自身」（初出一九八二年、『差異の世界』所収）だったことを知る者には、こうした展開は何の不思議もあるまい。ジョンソン最後の遺作が彼女が随所に発表するとともに作家再評価へ大きく貢献したシェリー論の集大成『メアリ・シェリーのいる人生』（スタンフォード大学出版局、二〇一四年）であったことが、その証左である。同書の実際的な編纂者のひとりジュディス・バトラーは、ジョンソンが『フランケンシュタイン』に読み取ったのがまさに「この人造怪物が自伝ジャンルの比喩形象《フィギュア》であるということ」にほかならず、間違っても作家自身の人生をめぐる寓喩やメタ心理学的物語ではありえないと断じている。もうひとりの編纂者であるショシャナ・フェルマンは同書後半を占めるジョンソンのテクスト「メアリ・シェリーと仲間たち《サークル》」に注目して、小説『フランケンシュタイン』のきっかけになった怪談コンテストの参加者たちのうちではメアリ自身が匿名性ならぬ不在の中心《アブセント・センター》を演じ、父ウィリアム・ゴドウィンから始まりジョン・ポリドリで終わる同書の六章構成が、じつは結末から冒頭へ回帰する循環的構造《サーキュラー・ストラクチャー》を備えていると語る。善かれ悪しかれ、バトラーもフェルマンも「ジョンソンの仲間たち」として最高級の弔辞を刻んでいる。

だが、ジョンソンの『批評的差異』から『人間と物』へおよぶキャリア全体に焦点を絞った場合に興味を覚えるのは、これまで主流文学を中心に活躍してきたひとりの模範的な学者批評家が、ここまで一挙に大衆文化をめぐる大量のSF的想像力を噴出させ、最先端の人造美女論にも大きく寄与する思索を織り紡いでみせたという「晩年のスタイル」である。一九八〇年代初頭に彼女の仕事によって脱構築批評の洗礼を受けた筆者としては、同書のほんの数年前に自身が荻野アンナ氏と共編した『人造美女は可能か?』(慶應義塾大学出版会、二〇〇六年)とほぼ同じ方向を晩年の巨匠が歩んでいたことは、とうてい偶然ではありえない。前掲『文藝』アンケート回答でわたしが『批評的差異』を挙げたのも、長らくご無沙汰しながら再びバーバラ・ジョンソンの仕事そのものが気になり始めた——というかサバティカルという時間を得て自らの初心に立ち返ろうとしていた——ことに起因する。

したがって、彼女が去る二〇〇九年八月二十七日に小脳不調のため急逝したという知らせに接したときのショックは、筆舌に尽くしがたい。同年、サバティカルの後半は八月から九月にかけて西海岸はベイエリアに滞在していたのだが、この訃報は、かつてイエール大学でジョンソンの薫陶を受け、いまはカリフォルニア大学バークレー校で教鞭を執る映画学者ミリアム・サスと日本学者ダン・オニールが思い入れたっぷりに伝えてくれた。わたしはたちまち、かつて一九八六年の秋、アラバマで行なわれた批評理論会議の席上、たまたま歓談する機会を得たので『批評的差異』にサインをもらった折に、著者がこんなメッセージをも書き加えてくれたことを思い出した——「もっとじっくり話し合いたいものですね」(with the desire for more [unrushed] conversation)。どの講演でも、多少鼻にかかった声色で、にもかかわらずたえず溌剌として、誰よりも複雑な理論を誰よりも簡潔明快に語った彼女はしかし、今世紀に入ってから十年近くものあいだ車椅子生活となり、発話もままならなくなっていたのである。

そのことを知るならば、遺著『人間と物』における「かたちへの偏愛」が、かねてからの脱構築好みの「頓呼法」「活喩法」「比喩乱用」といった修辞装置を駆使しつつ、それまでかたちでしかなかったものがいつしか声を得て語り始める瞬間を強調し、人工生命（ＡＩ）理論にまで思いを馳せるという発展を見せたことに、着目せざるをえない。かつての彼女は一九八〇年代半ばの名論文「頓呼法、生命化、堕胎」（初出 一九八六年、『差異の世界』所収）で、詩的言語の修辞的効果《スピーチアクト》によって非生命ないし死者がいきなり生命を帯びてしまうこと、それまで非在だったものがいきなり存在してしまうことの不思議を語っていた。その関心が四半世紀を経て育まれ、最晩年には本格的な墓碑銘論に結実している。前述したとおり、古く十八世紀初頭、フランクリンは若干二十二歳という青春時代に自らの人生そのものを一冊の修正可能な書物とみなした短詩「墓碑銘」を執筆したが、それから三百年余を経た二十一世紀初頭、バーバラ・ジョンソンは還暦を過ぎた最晩年の著作で、墓碑銘の機能を「生という虚構」を利用しつつ「死者に生命を付与し語らせる」ものと再定義した。そしてその直後、いかにも彼女らしく、この特殊なジャンル的特徴から普遍的な文学的本質へと、一気に跳躍してみせる。

かくして墓碑銘が達成しているのは、すべての文学の達成目標なのだ。詩作ひとつにしても、読者をしてまさに詩人そのひとが語っているのだと、詩を読めば詩人の生きた声を耳にすることができるのだと確信させなくてはならない——当の詩人が二百年前に亡くなっていようとも。これこそは、読むという行為によって死せる作家の声が甦り、文学が不滅の生命を帯びる瞬間である。(同書第一章)。

この、あまりにもバーバラ・ジョンソン的な論理展開に接して、わたしはすでに彼女が文学を語っているのか自身を語っているのか、墓碑銘を語っているのか、はたまたAIを語っているのか、あまりにも混沌として区別がつかない。だが、彼女がかくも墓碑銘に深く関心を抱くようになったきっかけだけを探るならば、最大の師匠だったポール・ド・マンの理論的体系自体が、戦時中の反ユダヤ主義的言説をひた隠しにするところに起因するのは間違いあるまい。彼が戦後、ナチス・ドイツと関わりの深い全体的思考を前提とするメタファーやシンボルを批判し、断片的思考を前提とするメトニミーやアレゴリーにこだわるようになったのは、それ自体がユダヤ人被害者たちへの追悼的レトリックだったのではあるまいか。ユダヤ系科学とも呼ばれる精神分析理論の巨匠フロイトが人種的問題を性的問題へすりかえたように、アルジェリア系フランス移民デリダはアルジェリア革命問題をユダヤ＝キリスト教的ロゴス中心主義批判に始まる形而上学的問題へとすりかえ、ベルギー系アメリカ移民ド・マンは、ナチス加担という前歴を隠蔽するために、政治的問題を修辞的問題へとすりかえたのではないか。われわれがアメリカ新批評の伝統を批判的に継承する理論と信じた脱構築批評というのは、そのようにアメリカ外部の力によってアメリカ内部における読み書き教育の土壌へとごくごく自然に——あるいは、自然であるかのように装いつつ——移植されたものではなかったか。

まさにそうした外国人がもたらしたレトリックが一九八〇年代以降のアメリカ的文学批評の自己同一性を保証したことを考え直すとき、ド・マンという人物が演じたのはモーセ的役割だったように思われる。

3　モーセの娘たち

アメリカ外部から来た外国人がもたらしたレトリックが、一九七〇年代以降のアメリカ的内部における文学批評の自己同一性を保証するばかりか、ポスト構造主義以降の英語の文体にまで革命をもたらしたといういきさつは、あまりにも興味深い。ド・マン最晩年の弟子のひとりにコーネル大学教授シンシア・チェイスがいるが、彼女などは純然たるアメリカ人の才女としてプリンストン大学文学部を最優秀で卒業しながら、その謹厳なる英語文体には、英語を母国語としないド・マンの影響が最も色濃くうかがえる。チェイスはド・マンの対独協力的ジャーナリズム発覚後には長く沈黙していたものの、二十一世紀を迎え、ド・マンが一九五九年に執筆したヘルダーリン論完全版が発掘されたのを承けて論文「躓きの石の半生――ヘルダーリンの『ライン川』をめぐるポール・ド・マンの最初期の読解」（〈ダイアクリティックス〉二〇一三年）を発表し、ヘルダーリンが「アンティゴネー」翻訳のうえで明らかにした、ひとつの文化における最も困難ながら不可欠なのは支配的勢力から転じて祖国回帰することだという前提にド・マンが注目したことが、のちの彼の脱構築体系における自然との容易な統一を阻む論理、いわば「躓きの石」の論理に発展していく道筋を洞察した。しかしそこでチェイスが選んだ「躓きの石」の比喩形象そのものが、もともと聖書におけるメシアとしてのイエスとともに、いまでは皮肉なことながら、ナチス・ドイツの大虐殺を悼む意味でベルリンに建設された記念碑群を指示するだろう。だとすれば、チェイスもまた、ド・マンやジョンソンに語り継がれた墓碑銘を文字どおり脱構築することで、自身の批判的発展を図ったのではなかろうか。閑話休題。

いま提起したいのは、最晩年のジョンソンが聖書のモーセに興味を抱いたのも、まさにド・マンのうちにもうひとりのモーセを見出していたためではないかという仮説である。モーセはユダヤの血を引くエジプト人という外国人ながらエジプト的な偶像崇拝を排し一神教の抽象的水準を達成することにより、ユダヤ民族の自己同一性を構築した民族的救世主であった。もともとWASP(白人アングロサクソン系プロテスタント)が建設したアメリカ合衆国は、ユダヤ的選民思想なる外来文化を換骨奪胎しわがものとすることで成立し、それを正当化するレトリックを編み出してきたが、一九七〇年代以降の脱構築批評形成のうちで再び、古典の三教科ながら今日ではいったん廃れていたレトリックが息を吹き返したのだ。これについては、本書第一部以降、一貫して強調してきたとおりである。

そうしたド・マンの教えを難解なままではなく、アメリカ英語としても簡潔明快なかたちで再構築したのがジョンソンの仕事であった。しかもその批評は、生命なきものが言葉の力、まさにスピーチアクトの力で生命を得てしまい、ひいては仮面をもつけて擬人化してしまう不可思議を、一貫して「アニメーション」なる単語によって強調し続けた。そうした方向性そのものが、いわゆるユダヤ=キリスト教的な偶像崇拝批判のドグマとはまったく相容れないことをも、彼女は認識していたであろう。遺作『モーセと多文化主義』には下記のくだりが含まれている。

フロイトが『モーセと一神教』で表明した二大根本思想のひとつは(その片方は個人の潜在期との類推である)は、外国人創始者という発想である。フロイトは一神教を抽象的に捉え、抽象化こそは五感をはるかに超越するがゆえに霊的発展を促すものと見た。(中略)モーセがユダヤ民族に与えたのは、反視覚的な宗教である。モーセの神は目に見えないが、にもかかわらず家父長としての気配を備え、まさにそのようにふるまうのだ。ユダヤ教の神概念に残る神人同形論《アンスロポモルフィズム》はあくまで神の性格をめぐって展開される言説であって、決して神が目に見えるかどうかという水準のものではない。(五四―五七頁)

フロイトがなぜ一神教を重視したのか。それは偶像崇拝のように五感で感知できる世俗世界以上のものが存在することを保証しようとしたためであり、まさにそこにこそ、文字を重視して修辞学の矛盾を突く脱修辞学(disfiguration)を本質とする脱構築の本質がひそむのだが、にもかかわらずそうした文字そのものがひとつの仮面を備え声を放ち、いわば擬人化してしまう瞬間をえぐりだすところは、脱構築のクライマックスといってよい。このような論理展開は、『差異の世界』から『メアリ・シェリーのいる人生』に至る過程でジョンソンが強調したヴィクター・フランケンシュタイン博士が体現したプロメテウス的創造力から、『人間と物』の表紙にも体現されているピグマリオン的想像力への転回とも無縁ではない。

というのも、『モーセと多文化主義』では、以下のような一節もまた、読むことができるからだ。

しかし最もフロイト的な要素が見られるとしたら、それは彫刻のイメージかもしれない――モーセは自身の民を聖なる民になるよう彫琢しようと望んだのだ。(八四―八五頁)

ここで彼女は、モーセがプロメテウスならぬピグマリオンとしてユダヤ民族を造型したことに着目している。つまり、彼女が意識しているモーセというのは、外国人ながらもユダヤ民族におけるエジプト的偶像崇拝の伝統を一掃して、彼らの自己同一性を構築し、そこに生命を吹き込んだ人形使いにほかならない。かつてフランケンシュタイン博士の原型たるプロメテウスは神から火を盗んだが、ひとつの民族を造型し発明したモーセは、いま木彫りの美女人形ガラテアを造型し命を吹き込んだピグマリオンの類推で再発明されようとしている。

こうしたジョンソンの論理展開は、いま再びド・マンの運命を彷彿とさせる。これまでくりかえし指摘してきたとおり、ベルギー系アメリカ移民ド・マンは戦後アメリカへ亡命してからというもの、外国人ながら新しい文学批評にアイデンティティを与え、バーバラ・ジョンソンやショシャナ・フェルマン、ガヤトリ・スピヴァクをはじめシンシア・チェイス、キャロル・ジェイコブズ、ひいては水村美苗に至るまで、おびただしい女性の崇拝者たちすなわちドマニエンヌたちを生み出した。しかも、自身ではほとんど語ることのなかった精神分析批評やフェミニズム批評にも多くの霊感を与えた。だとすれば、ド・マン自身が現代批評のピグマリオンではなかったか。だからこそ彼の最大のガラテアであったジョンソンは師匠の死後に発覚したナチ荷担スキャンダルのあともなお、長くド・マン論を書き続けては自己の師匠を再造型し、最晩年に至ってはピグマリオンとしてのモーセという悟りの境地に到達したのではないかと、わたしは思う。

〈参考文献〉

Chase, Cynthia. "Half-Life of a Stumbling Block: Paul de Man's Earliest Reading of Hölderin's 'Der Rhein'." *Diacritics* 41.1 (2013):80-113.

De Man, Paul. "Hölderlin and the Romantic Tradition." Ed. Amalia Herrmann and John Namjun Kim. *Diacritics* 40.1 (2012): 100-129.

Johnson, Barbara. *Persons and Things*. Cambridge : Harvard UP, 2008.

———. *Moses and Multiculturalism*. Berkeley: U of California P, 2010.

———. *A Life with Mary Shelley*. Ed. Mary Wilson Carpenter, Judith Butler and Shoshana Felman. Introd. Cathy Caruth. Stanford: Stanford UP, 2014.

巽孝之&荻野アンナ編『人造美女は可能か?』(慶應義塾大学出版会、二〇〇六年)

ジークムント・フロイト『モーセと一神教』渡辺哲夫訳(筑摩書房、二〇〇三年)

おわりに

わたしはポール・ド・マンの孫弟子にあたる。

かれこれ三十年ほど前、一九八四年夏から一九八七年夏までの三年間、かつてド・マン本人が教鞭を執っていたことも知らぬまま留学したコーネル大学大学院で、指導教授ジョナサン・カラーとともに博士号請求論文審査委員会のメンバーに連なったのが、イエール大学大学院を修了して間もないド・マンの高弟シンシア・チェイス教授とジェフリー・ハートマンの高弟デブラ・フリード教授だった。とりわけチェイスはド・マン理論の生き字引と呼べるほどに脱構築の真髄に対し造詣が深く、それがいかにロマン派文学の読み直しと本質的に関わるかを確信させてくれた。わたしの論文執筆が何度か行き詰まり相談すると、すぐにも大学院生のメールボックスに当時は入手困難にして単行本未収録だったド・マン文献のコピーが届けられており、それによって窮地脱出した経験は数知れない。折しもチェイス自身がド・マン理論を全面的に応用発展させた第一著書『比喩の解体』(ジョンズ・ホプキンズ大学出版局、一九八五年)の執筆に余念のない時代のことである。

それればかりではない。カラー教授が所長を務める人文科学研究所の特任教授として、テキサス大学オースティン校で教鞭を執っていたもうひとりのド・マンの高弟であるインド系知識人ガヤトリ・チャクラボーティ・スピヴァクが一九八五年に一学期間のみ受け持った授業を受講する機会も得た。マルクスからフーコー、サバルタン・スタディーズ、果てはヒンドゥー教聖典『バガヴァッド・ギーター』までを必読文献に指定する複雑怪奇なクラスではあったが、その時に得たさまざまなヒントがのちにわたしの中で発展することになったのは疑いない。時はまだまだ脱構築の全盛期であり、ニュー・ヒストリシズム、ポストコロニアリズムなどという単語が流通する以前のことだ。折しも、博士号請求論文の最終試験を終えた一九八七年八月は、いまにしてみれば、ちょうどド・マンの戦時ジャーナリズム発覚の報告を受けて、デリダらが出版に向け動き始めていたころであった。

以後のわたしのアメリカ文学思想史研究の理論的枠組は、本書第一章でも暗示したとおり、ド・マンの体系とバーコヴィッチの体系のはざまを縫っていたと言ってよい。それがいったいなぜ、本来は枠組でしかなかったはずのド・マンを中心に本書のようなプロジェクトをまとめるに至ったかといえば、一九九〇年代後半に勃発した文化研究批判の嵐が、昨今、二〇一〇年代における我が国の人文学弾圧の風潮にも直結しているように思われてならないからである。そもそも「ド・マン事件」は個人のスキャンダルの側面ばかりに拘泥したが、ド・マンが一貫して主張したのは、そもそも言語を構成する記号表現《シニフィアン》と記号内容《シニフィエ》の関係性からしてスキャンダラスだという一点だった。「ソーカル事件」では文化研究が自然科学を隠喩として濫用《アビュース》してきた点が批判されたが、ド・マンが喝破したのは、そもそも比喩の濫用、転じては濫喩《キャタクレシス》が自然化してしまった脱修辞学的効果《ディスフィギュレーション》こそがわれわれの生きる現実だということだった。そして何より、脱構築がその一翼を担ったポストモダニズムは、ド・マンに従えば必ずしも先端的ではなく古典三教科の修辞学《レトリック》を復活させ文献学《フィロロジー》の伝統へ回帰しようとする点でまぎれもなく人文学の復興を促すものだった。それは学問研究の精度と批評解釈の洞察を架橋するド・

マンの仕事を経てこそ得られた実感である。

にもかかわらず、学者批評家としてのド・マンはなおざりにされてきた。とりわけ我が国では文学者や哲学者、思想家といったカテゴリーが優先するため盲点に隠れがちだが、もともと最初のイエール学派だったクレアンス・ブルックスら新批評の代表格は、第一義的に文学研究の精密度を優先しつつも批評的洞察を展開したがために学者批評家《スカラー・クリティック》の名で親しまれていた。ニューヨーク知識人は当初こそジャーナリズムを代表したが、戦後にはトリリングのコロンビア大学教授就任に伴いアカデミズムとのあいだを架橋することになる。したがって、一時は編集出版や文芸評論を生業とし彼らニューヨーク知識人の周辺に位置していたド・マンが、やがて大学の地位に就き学者批評家としてアメリカ学界の中枢を占めることになったのは、決して偶然ではない。その伝統はかつての同僚ハロルド・ブルームや高弟ガヤトリ・スピヴァクに継承されている。それはとりもなおさず、最も革新的な人文学者たちの群像である。

＊

本書は批評理論を真正面に据えたわたしの仕事のうちでは『メタフィクションの謀略』（一九九三年）、『メタファーはなぜ殺される――現在批評講義』（二〇〇〇年）に続くものだが、単独の学者批評家に絞ったものとしては最初の試みである。伝記でもなければ解説書でも入門書でもなく、あくまでアメリカ研究の一環として文学思想史と批評理論史を自在に融合した一冊になったが、にもかかわらず、いずれこうしたプロジェクトをまとめねばならない要請はド・マン没後三〇年前後に参加したさまざまな学術会議や発表媒体から感じ取っていた。以下、関係諸兄姉への感謝を込めて雑誌初出あるいは発表初稿と以後の加筆改稿版の各原題一覧を記す。ただし、それらはあくまで草稿であり、第三部のようにほとんど原型をとどめないほどにまで加筆改稿したセクションは書き下ろしに近い。なお、引用文については、既訳のあるものについては概ね参照させていただいたが、新たな解釈を施したところも多いため、基本的に引用文邦訳についてはすべて筆者自身が責任を負う。

第一部

「盗まれた廃墟――アウエルバッハ、ド・マン、パリッシュ」(岩波書店『思想』二〇一三年七月号)／"The Barren Land of Figures: Auerbach, De Man and Mizumura," PAMLA (Pacific and Ancient Modern Language Association)二〇一三年度年次大会パネル「ポール・ド・マンの遺産」(Legacy of Paul de Man)(二〇一三年十月三十一日、於・バイーア・リゾート・オン・ミッション・ベイ601、カリフォルニア州サンディエゴ、司会：下河辺美知子、発表者：アンジェイ・ワーミンスキ、シンシア・チェイス、巽孝之、遠藤不比人)／慶應義塾大学文学研究科英米文学専攻『Colloquia』35周年特別記念号[35号](二〇一四年)／"Liberlit 7 Plenary Lecture: The Barren Land of Figures: the Intercultural Limits and Liminality of Auerbach, de Man and Mizumura," 第七回 Liberlit 会議基調講演草稿(二〇一六年二月二二日、於・東京女子大学、司会・原田範行)

第二部

「ニクソン政権下の脱構築――ポー、ド・マン、ニクソン」、日本英文学会関東支部第九回大会シンポジウム「21世紀批評におけるレトリックの可能性―ポール・ド・マンの歴史的意義」

（二〇一四年六月二一日、於・成城大学、司会：佐久間みかよ、発表者：高橋勇、下河辺美知子、巽孝之、土田知則）／「ニクソン政権下の脱構築――ポール・ド・マン、ホフスタッター」（青土社『現代思想』二〇一五年二月号特集「反知性主義と向き合う」）

第三部

"Lessons of New York Intellectuals: Arendt, de Man and Mary McCarthy," PAMLA二〇一四年度年次大会パネル「ハンナ・アーレント再考」"Hannah Arendt Re-historicized（二〇一四年十一月二日、於・リヴァーサイド・コンヴェンション・センター第八会議室、カリフォルニア州リヴァーサイド、司会：遠藤不比人、パネリスト：下河辺美知子、巽孝之、ダン・オニール）／「ニューヨーク知識人の教え――アーレント、マッカーシー、ド・マン」、サウンディングズ・ワークショップ（二〇一五年三月二一日、於・上智大学七号館4階セミナー室、司会・杉木良明）

第四部

1「箴言というジャンル」（富士川義之＆河内恵子編『オスカー・ワイルドの世界』〔開文社出版、二〇一三年〕所収）

2「アレゴリーはなぜ甦る――水村美苗のポール・ド・マン」（青土社『ユリイカ』二〇〇九年二月号特集「日本語は亡びるのか？」）

3「バーバラ・ジョンソンまたは人造美女の墓碑銘」日本アメリカ文学会二〇一〇年度全国大会ワークショップ「バーバラ・ジョンソンの遺産と21世紀」（二〇一〇年十月十日、於・立正大学、司会・下河辺美知子、発表者・阿部公彦、竹村和子、巽孝之）

以上の会議参加や論文執筆の大半は、文部科学省科学研究費補助金と慶應義塾大学学事振興資金の恩恵を被っている。とりわけ、第一部の論考の初出誌である『思想』で本邦初のド・マン特集号を組むという英断を下された互盛央編集長(当時)、それに伴うド・マン没後三十周年企画として土田知則氏との公開対談を企画された東京堂書店の三浦亮太氏、その記録を掲載してくださった『図書新聞』編集部の米田綱路氏、この主題で講演するよう招聘してくださった九州大学の高橋勤氏、各セクションの原型を成す論考初出の段階で貴重な感想を賜ったジョナサン・カラー、ラリイ・マキャフリイ、水村美苗、折島正司、永瀬唯、小谷真理、有光道生の各氏には、それぞれ深く感謝を捧げたい。とりわけ、イエール学派の下で学ばれた先覚者にして批評理論の同志である筑波大学教授・今泉容子氏からはド・マンの写真について格別のご厚意を賜り、心から御礼申し上げる。

最後になったが、第二部の草稿を日本英文学会関東支部シンポジウムで読み上げた直後、そこに将来一冊の本になりうる可能性を直感された彩流社編集部の高梨治の動物的嗅覚には、ただ感嘆するばかりであった。

二〇一六年五月一五日

於・恵比寿　　著者識

ポール・ド・マン関連年譜

※本年表はポール・ド・マンの人生と理論の形成上で重要な人物と作品を中心に、本書を貫くアメリカ文学思想史の文脈において関連する歴史的事件を併記したものである。煩雑になるのを避けるため原語併記はせず、文献のうち既訳のあるものはおおむねその邦題に従った。ド・マン関連の未訳文献データはほぼ各部末尾の参考文献に網羅してあるので参照されたい。

1712 ジャン・ジャック・ルソー生（-1778）
1724 イマニュエル・カント生（-1804）
1745 ルソー、オルレアン出身のテレーズ・ルヴァスールと結婚し翌年子供を設けるが孤児院へ送る（以後第五子まで）。
1770 ウィリアム・ワーズワス生（-1850）／ヘーゲル生（-1831）
1775 アメリカ独立革命（-1783）
1781 カント『純粋理性批判』
1782 ルソー『告白』第一部
1788 カント『実践理性批判』
1789 フランス革命（-1799）／ルソー『告白』第二部
1790 カント『判断力批判』
1791 ワーズワス、フランスへ渡り革命精神に刺激を受け、オルレアンでアネット・バロンと恋に落ち、一児を設ける（1792年誕生）。
1797 メアリ・ウルストンクラフト・シェリー生（-1851）
1798 ワーズワス、サミュエル・テイラー・コールリッジ（1772-1834）との共著『抒情歌謡集』刊行。
1802 ワーズワス、アネットと合意のうえメアリ・ハッチンソンと結婚。
1804 ナサニエル・ホーソーン生（-1864）
1809 エドガー・アラン・ポー生（-1849）
1816 ド・マンの曾祖父ジャコウバス・フィリッパス・ド・マン生（-1866）。フリーメイソン。肉屋を営む労働者階級。その姓はまだフランドル風に「ドマン」（Deman）の綴りであった。
1818 メアリ・シェリー『フランケンシュタイン、または当代のプロメテウス』／カール・マルクス生（-1883）
1819 ハーマン・メルヴィル生（-1891）
1830 ベルギー独立革命。ネーデルランド連合王国から独立しローマン・カトリック国家として確立。

1834　フリーメイソンや知識人の手で、一切の宗教に囚われないブリュッセル自由大学が創立。
1842　ステファヌ・マラルメ生（-1898）
1844　同年3月から7月にかけてアレクサンドル・デュマ、通称大デュマ（1802-70）の長編小説『三銃士』が『ル・シエクル』*Le Siecle* 誌に連載；エドガー・アラン・ポーの「盗まれた手紙」が『ギフト』誌1844年9月号に掲載／ホーソーン「ラパチーニの娘」／フリードリヒ・ヴィルヘルム・ニーチェ生（-1900）
1848　マルクス＆エンゲルス『共産党宣言』／パリで2月革命
1850　ワーズワス『序曲』出版／ホーソーン『緋文字』出版。
1851　メルヴィル『白鯨』出版
1854　オスカー・ワイルド生（-1900）
1856　ジークムント・フロイト生（-1939）
1857　フェルディナン・ド・ソシュール生（-1913）
1859　ド・マンの祖父アドルファス・レオ生（-1936）。肉屋から身を起こし、レッド・スター海運会社の食糧配給部長を務める。同社はフィラデルフィアとアントワープそれぞれの海運会社が提携した合弁企業であり、貧しい移民を新世界アメリカへ送り込む仕事を主としていた。
1865　ウィリアム・バトラー・イエーツ生（-1939）
1867　マルクス『資本論』第一巻
1868　ステファン・ゲオルゲ生（-1933）
1869　アンドレ・ジッド生（-1951）
1871　マルセル・プルースト生（-1922）
1872　ニーチェ『悲劇の誕生』
1882　ジェイムズ・ジョイス生（-1941）
1885　ド・マンの伯父ヘンドリック・ド・マン生（-1953）／マルクス『資本論』第二巻／ニーチェ『ツァラトゥストラはかく語りき』
1886　ニーチェ『善悪の彼岸』／ヴァン・ウィック・ブルックス生（-1963）
1887　ニーチェ『道徳の系譜』
1888　トマス・スターンズ・エリオット生（-1965）／ジョン・クロウ・ランサム生（-1974）
1889　マルティン・ハイデッガー生（-1976）
1890　ド・マンの父ロバート（ボブ）・ド・マン生（-1959）。エンジニアとしてレントゲン検査台製造に従事し、1920年にド・マン商会を興す。
1892　エーリッヒ・アウエルバッハ生（-1957）／ヴァルター・ベンヤミン生（-1940）
1893　ド・マンの母マデライン・ド・ブレイ（のちのマデライン・ド・マン）生（-1937）
1894　マルクス『資本論』第三巻

1895 エドマンド・ウィルソン生（-1972）
1897 ジョルジュ・バタイユ生（-1962）
1898 ルネ・マグリット生（-1967）
1899 ウラジーミル・ナボコフ生（-1977）／アレン・テイト生（-1979）
1900 フロイト『夢判断』
1901 ジャック・ラカン生（-1981）
1902 フランシス・オットー・マシーセン生（ -1950）／アレクサンドル・コジェーヴ生（-1968）
1905 フロイト『あるヒステリー患者の分析の断片』／ロバート・ペン・ウォレン生（-1989）
1906 ハンナ・アーレント生（-1975）／クレアンス・ブルックス生（-1994）
1908 クロード・レヴィ＝ストロース生（-2009）／フィリップ・ラーヴ生（-1973）
1909 ジョゼフ・マッカーシー生（-1957）
1912 M.H. エイブラムス生（-2015）／ハリー・レヴィン生（-1994）／ノースロップ・フライ生（-1991）／メアリ・マッカーシー生（-1989）。
1913 プルースト『失われた時を求めて』（-1922）／リチャード・ニクソン生
1914 第一次世界大戦勃発（-1918）
1915 ド・マンの兄ヘンドリック・"リック"・ド・マン生／ロラン・バルト生（ -1980)／ヴァン・ウィック・ブルックス『アメリカ成年に達す』
1916 ソシュール『一般言語学講義』／リチャード・ホフスタッター生（-1970）
1917 フロイト『精神分析入門』／ジョン・F・ケネディ生（-1963）
1918 ミッキー・スピレーン生（-2006）
1919 12月6日、ポール・アドルフ・ミシェル・ド・マン（原綴 Paul Adolph Michel Deman）、ベルギーはアントワープに誕生（-1983）。両親はロバート＆マデライン・ド・マン夫妻、三人きょうだいの次男であった。人種的にはフランドル系であったが、このアッパーミドル・クラスの家族はフランス語を共通言語とすることで頭角を現す。かくして、ド・マンの父ボブは自社をフランス風に「ド・マン商会」（Etablissements de Man）と綴り、伯父ヘンドリックも自身の姓を"Deman"ではなくフランス語綴"de Man"に変え、その結果、この家名は貴族的な響きを帯びるに至った。なお長男ヘンドリックのあと長女すなわちド・マンの姉が生まれたが死産に終わっている。父方の曾祖父ジェイコブ・フィリッパス・ド・マンは肉屋を営むフリーメイソン、その息子アドルファス・レオはのちにレッド・スター海運会社の食糧配給部長／ド・マンの最初の夫人となるアナイド・バラジアン、グルジアの首都トビリシに誕生（-2000）。政情不穏のため、家族とと

もに幼少期にルーマニアへ移民／J.D. サリンジャー生（-2010）／フランク・カーモード生（-2010）／エリザベス・シューエル生（-2001）／大橋健三郎生（-2014）／T.S. エリオット（Eliot）「伝統と個人の才能」発表。

1921 スタニスワフ・レム生（-2006）

1922 エリオット『荒地』／ジェイムス・ジョイス『ユリシーズ』／ランサム、テイト、ウォレンらによる文芸雑誌〈フュージティヴス〉創刊(-1925)、のちの新批評の母胎を成す／カート・ヴォネガット生（-2007）

1923 ベンヤミン「翻訳者の使命」／スティーヴン・パリッシュ生（-2013）

1924 ブルックス、テネシー州ナッシュヴィルのヴァンダービルト大学へ入学。ここでのちにアメリカ新批評の中核を成すロバート・ペン・ウォレン、ジョン・クロウ・ランサムらと出会う。

1926 ミシェル・フーコー生（-1984）

1927 のちにド・マンの二番目の夫人となるパトリシア・ケリー生（-2004）

1928 ジョゼフ・ヒリス・ミラー生／レイモンド・フェダマン生（-2009）

1929 ジェフリー・ハートマン生／ジョージ・スタイナー生

1930 ジャック・デリダ生（-2004）／ハロルド・ブルーム生／ジョン・バース生

1931 エドマンド・ウィルソン『アクセルの城』

1933 アドルフ・ヒトラー、ドイツ首相に就任（-1945）／フランクリン・デラノ・ローズヴェルト、第 32 代アメリカ大統領に就任（-1945）／アウエルバッハ、トルコはイスタンブールへ亡命／サクヴァン・バーコヴィッチ生（-2014）

1934 〈パーティザン・レビュー〉創刊／フレドリック・ジェイムソン生

1935 ド・マンの伯父ヘンドリック（アンリ）・ド・マン、ベルギー社会主義政党副党首となる／エドワード・サイード生（-2003）

1936 ド・マンの兄ヘンドリック（リック）が自動車事故で急死、祖父アドルフも死亡。アンリ・ド・マンがベルギー政府財政大臣に就任／スペイン内戦勃発／ヴァン・ウィック・ブルックス『花開くニューイングランド』

1937 ド・マン、ブリュッセル自由大学（ULB）の工学部へ入学／長男の死に絶望したド・マンの母マデライン、自殺／トマス・ピンチョン生。

1938 ド・マン、学業がうまく行かず、試験勉強も兼ねて復活祭のあとに単独で山を散策中、とある宿屋で最初の恋人フリーダ・ヴァンダーヴェルデン（1913-1993）と出会う。彼は 18 歳、彼女は 6 歳年上の 24 歳／アン・バラジアン、ルーマニアの石油会社に勤務するノーバート・ジャガーの息子ギルバート・ジャガー（1918-2009) とブカレストで結婚し、ブリュッセルへ移る／メアリ・マッカーシー、エドマンド・ウィルソンと再婚／ブルックス＆ウォレン編『詩の理解』が刊行

され、新批評の正典として1976年までのあいだに四版を重ねる。

1939 第二次世界大戦勃発（-1945）／ド・マン、社会主義サークル〈リーブル・エグザマン〉の一員として週刊誌〈ジュディ〉への寄稿を始める。また、同グループの別の雑誌〈カイエ・ド・リーブル・エグザマン〉編集部に迎えられ（のちに編集長となる）、そこでギルバート・ジャガーと知り合う。いわゆるド・マンの「戦時ジャーナリズム」はここから始まる（1943年まで）／ギルバート・ジャガーの妻アナイド（アン）・バラジアンとの恋愛／伯父アンリ・ド・マン、ベルギー社会主義政党の党首となる／フロイト『モーセと一神教』

1940 ド・マン、〈カイエ・デュ・リーブル・エグザマン〉編集長となる／ドイツがベルギーを侵略したため、ド・マンとアンは南フランスへ逃れるも、スペインには入国できず、ブリュッセルへ戻る／ド・マン、伯父の采配により＜ル・ソワール＞紙への寄稿開始／ドイツ空軍がベルギー空港を空爆し、ナチスのベルギー占領が始まる／国王レオポルド三世は祖国を戦場にせず守りたいがゆえに無条件降伏し、翌年幽閉される／アンリ・ド・マン、社会主義からファシズムへ転向／ナボコフとハンナ・アーレント、アメリカ亡命。

1941 ド・マン、「現代文学におけるユダヤ人」を〈ル・ソワール〉紙3月4日付に発表／5月、失脚したアンリ・ド・マンはフランスに亡命し、回想録『事後に』を出版／ド・マン、以前の仲間たちとともに対独協力者として告発される／ド・マンとアンの長男ヘンドリック誕生／マシーセン『アメリカン・ルネッサンス』

1942 2月、ド・マン、芸術・文学を専門とする出版社〈アジャンス・ドゥシェンヌ〉に就職／北アフリカで連合国側が勝利／ガヤトリ・スピヴァク生／ショシャナ・フェルマン生。

1943 2月、スターリングラードでドイツ軍降伏／3月、ド・マン、〈アジャンス・ドゥシェンヌ〉を解雇される／ド・マン、ベルギーとオランダの国境にある風光明媚なカルムトハウトへ身を潜める（-1946）／ブルックス＆ウォレン編『小説の理解』／スティーヴン・グリーンブラット生。

1944 ド・マン、アントワープで正式に結婚／ノルマンディー上陸作戦／ジョナサン・カラー生／マージョリー・ガーバー生。

1945 ド・マン、ハーマン・メルヴィルの『白鯨』フラマン語訳を小出版社エディション・ヘリコンより出版／ド・マンとアンの次男マーク誕生／メアリ・マッカーシー、バード大学に奉職／ハリー・トゥルーマン、第33代アメリカ大統領に就任（-1953）／アメリカ合衆国により8月6日に広島に、同9日に長崎に相次いで原爆が投下される／第二次世界大戦終了

1946 2月14日、ド・マン、潜伏中に構想していた美術書専門の出版社

〈エディション・エルメス〉をついに立ち上げ、アントワープにオフィスを構える。同社からはジャン・ド・ボーケンが1938年にフランスで出した『ヴァン・ゴッホの肖像』のオランダ語版とポール・ヘイサルツの『彫刻家ルノワール』を刊行したのが確認されているが、後者についてはスウェーデンはストックホルムの出版社に版権を売りつけ1948年に刊行させている。ただし、その他の点でド・マンは膨大な企画書を捏造し金銭面でも詐欺や横領まがいの行為を繰り返した／ド・マンとアンの三男ロバート誕生／アウエルバッハ『ミメーシス』／ジョン・ハーシー『ヒロシマ』

1947 6月、ド・マン、ニューヨークへ出張。エルメス社の事業拡大計画のため、ベルギーで知り合った親友デイヴィッド・ブレイブルックと相談し、数社を廻るも、7月にはベルギーへ帰国／バタイユ、書評「ヒロシマの人々の物語」を〈クリティーク〉1月&2月合併号に発表／ブルックス『精巧な壺』／バーバラ・ジョンソン生（-2009）／コジェーヴ『ヘーゲル読解入門』

1948 5月29日、ド・マン、エルメス社の不祥事から夜逃げする格好でベルギーからニューヨークへ渡る。以後、グランド・セントラル駅構内にあるダブルデイ＝ドーラン書店に職を得る。妻アンと三人の子供たちはアンの両親の住むアルゼンチンはブエノスアイレスで待機するよう命ずる／メアリ・マッカーシー、ニューヨーク知識人から成る「ヨーロッパ・アメリカ・グループ」を組織／ライオネル・トリリング、ユダヤ系知識人としては初めて正式にコロンビア大学英文科教授となる／ナボコフ、コーネル大学で教鞭を執る（-1959）／エリオット、ノーベル文学賞受賞／トルーマン・カポーティ『遠い声、遠い部屋』／ジョージ・オーウェル『1984年』脱稿

1949 10月17日よりド・マン、バード大学へ奉職、未来の妻パトリシアと出会い恋愛／ベルギーではエルメス社の不祥事をめぐる裁判が始まり、ド・マンの父ボブが出頭／メアリ・マッカーシー『オアシス』／ポール・ボウルズ『シェルタリング・スカイ』／ホミ・バーバ生

1950 ド・マン、3月までの時点でパトリシアと同棲開始。3月5日、正妻アンが三人の子供たちを連れて訪米、ド・マンとのあいだで離婚交渉が始まり、アンはアルゼンチンへ帰るも、長男リックだけはド・マンの元へ残して行く。リックは以後、パトリシアの両親が引き取り、以後は「ヘンドリック・“リック”・ウッズ」と名乗ることになる／6月、身重のパトリシアと結婚。しかし、この時点ではアンとの離婚が成立していなかったため法律的には重婚であった。年末にはド・マンとパトリシアの長男マイケルが誕生／12月、ド・マン、バード大学を解雇される／朝鮮戦争（-1953）／ジョゼフ・マッカーシー上院議員による赤狩り旋風（-1954）／ウィリアム・フォークナー、ノーベル文

学賞受賞／スティーヴ・エリクソン生

1951 6月2日、ド・マン、バード大学で実質的に最終講義となる公開講演「文学の道徳性」を行ないバタイユ理論を展開、妻パトリシアとともにマサチューセッツ州ボストンへ移り、ベルリッツでフランス語教師となる／10月23日、大西洋の向こうのベルギーではエルメス社で犯した文書捏造、詐欺、横領によりド・マンに五年の禁固刑および罰金という判決が出て、被告がアメリカより帰国次第逮捕すべしという裁判所命令が下る／サリンジャー『ライ麦畑でつかまえて』／サミュエル・ベケット『ゴドーを待ちながら』／エイブラムス『鏡とランプ』／アーレント『全体主義の起原』

1952 ド・マン、ハーヴァード大学教授ハリー・レヴィンとの知遇を得て同年1月より同大学院へ入学、教育助手となる／4月、レヴィン邸で行なわれるセミナーに招待され、ジョージ・スタイナーと同席する／デリダ、パリのエコール・ノルマル・シュペリウール（高等師範学校）へ入学／メアリ・マッカーシー『鬱蒼たる学府』／ラルフ・エリソン『見えない人間』／ミッキー・スピレーン『燃える接吻』（映画化1955年）／エリザベス・シューエル『ノンセンスの領域』。

1953 ド・マン、最初の学術論文「モンテーニュ」を〈クリティーク〉誌に発表／ドワイト・アイゼンハワー、第34代アメリカ大統領に就任(-1961)／アーサー・ミラー『るつぼ』／シンシア・チェイス生。

1954 ド・マン、ハーヴァード大学大学院より修士号（MA）取得／ハーヴァード大学若手特別研究員となる。

1955 大学院生活を続けるド・マンが戦時中の対独協力者であったという告発状がハーヴァード大学当局に届き、彼は大学評議会宛に弁明を綴り受理される／レヴィ＝ストロース『悲しき熱帯』／ナボコフ『ロリータ』／R・W・B・ルイス『アメリカのアダム』

1956 ジャック・ラカン「『盗まれた手紙』についてのセミネール」／デリダ、奨学金を得てハーヴァード大学で学ぶ／アレン・ギンズバーグ『吠える』

1957 フランク・カーモード『ロマン主義のイメージ』／ノースロップ・フライ『批評の解剖』／バルト『神話作用』／バタイユ『文学と悪』

1958 ド・マンとパトリシアの長女パトリシア誕生／ハリー・レヴィン『闇の力』／ジョン・バース『旅路の果て』

1959 ウィリアム・バロウズ『裸のランチ』

1960 ド・マン、ハーヴァード大学大学院へ提出した論文「マラルメ、イエーツ、そしてロマン主義的苦境」で博士号取得／ロマン主義文学研究の巨匠であったコーネル大学教授のエイブラムスがド・マンの論文「ロマン主義のイメージの意図的構造」に感心し、ハーヴァード大学で自身の同級生であったハリー・レヴィンらに手紙を書き、ド・マンを

コーネル大学へ招きたいと申し出る。その結果、彼は准教授として採用され、同年秋学期より教壇に立つ（-1967）／スタイナー『トルストイかドストエフスキーか』／ジョン・F・ケネディ、第35代アメリカ大統領に当選。

1961 スピヴァク、コーネル大学大学院へ入学／スタイナー『悲劇の死』／ヴォネガット『母なる夜』／ジョゼフ・ヘラー『キャッチ＝22』

1962 ド・マン、コーネル大学で創設されたばかりの比較文学科の初代学科長となり、スピヴァクを指導／レヴィ＝ストロース『野生の思考』／マーシャル・マクルーハン『グーテンベルグの銀河系』／ハンナ・アーレント『革命について』／ナボコフ『青白い炎』／10月、キューバ・ミサイル危機。

1963 11月、アメリカ第35代大統領ジョン・F・ケネディ、ダラスで暗殺、リンドン・ジョンソンが第36代大統領に／リチャード・ホフスタッター、オックスフォード大学で『アメリカ政治におけるパラノイド・スタイル』の草稿をもとに講演（1965年公刊）／ホフスタッター『アメリカにおける反知性主義』／アーレント『イェルサレムのアイヒマン』『革命について』／メアリ・マッカーシー『グループ』

1964 ド・マン、コーネル大学にて教授に昇格するとともにスイスのチューリッヒ大学においても終身在職権を得て二重のステイタスを享受する。前者では、将来のド・マン伝を執筆することになるイヴリン・バリッシュが同僚になる／デリダ、エコール・ノルマル・シュペリウールで教え始める／ハートマン『ワーズワスの詩』

1965 ド・マン、ジェフリー・ハートマンの司会する近現代語学文学協会（MLA）のパネル「ロマン主義と宗教」にて「ワーズワスとヘルダーリンにおける天国と地獄」を発表／米軍、北ヴェトナムの基地を爆撃、北爆開始

1966 10月18日-21日、ジョンズ・ホプキンズ大学で行なわれた構造主義をめぐる会議「批評の言語と人間の科学」にて、デリダはレヴィ＝ストロース批判の論考「人間科学の言説における構造と記号とゲーム」を発表してセンセーションを巻き起こし、この場でド・マンと初対面を遂げる。ただしこの時のド・マンはまだ単著がなく、参加者紹介の業績欄にはフローベール『ボヴァリー夫人』（ノートン版）やキーツ詩集（ニュー・アメリカン・ライブラリー版）の編纂が挙げられているにすぎない／ラカン『エクリ』／フーコー『言葉と物』／カーモード『終わりの意識』／スーザン・ソンタグ『反解釈』

1967 ド・マン、ジョンズ・ホプキンズ大学へ移籍（-1970）／デリダ『声と現象』『グラマトロジーについて』『エクリチュールと差異』／スタイナー『言語と沈黙』

1969 ド・マン「時間性の修辞学」発表／フィリップ・ラーヴ『文学と直

感』／トリリング『誠実とほんもの』／リチャード・ニクソンが第37代アメリカ大統領に選出される（-1974）

1970 **ド・マン、ジェフリー・ハートマンらの招きによりイエール大学へ移籍（-1983)。ただし、その時点までに彼が一冊も単著を出していなかったのがネックになったので、ハートマンらが懸命にド・マンの既発表論文をかき集め『盲目と洞察』草稿を作り、イエール大学側に認めさせる**／ハートマン『形式主義を超えて』／トニ・モリスン『青い目がほしい』

1971 **ド・マン、第一著書『盲目と洞察』出版**／デリダ、ラカン批判の論考「真実の配達人」草稿脱稿／エイブラムス、『自然的超自然主義』

1972 デリダ『散種』／スタイナー『脱領域の知性』／フランシス・コッポラ『地獄の黙示録』／ウォーターゲート疑獄

1973 **ド・マン、イエール大学から1974年まで研究休暇を取りスイスはチューリヒに滞在し、第二著書として予定していた『テクストのアレゴリー』の草稿を仕上げる**／ブルーム『影響の不安』／トマス・ピンチョン『重力の虹』／J・G・バラード『クラッシュ』／安部公房『箱男』／小松左京『日本沈没』／ヴェトナム戦争終結／石油危機

1974 **ド・マン、イエール大学英文学科長に就任（以後三年）**／デリダ「白の神話学——哲学テクストにおける隠喩」／ジェラルド・フォードが第38代アメリカ大統領に就任（-1977）

1975 ジャック・デリダ、「真実の配達人」を発表し、同年にイエール大学に迎えられる／ハートマン『読むことの宿命』／ブルーム『誤読の地図』／ジョナサン・カラー『構造主義の詩学』／スタイナー『バベルの後に』／バーコヴィッチ『アメリカ的自我のピューリタン的起源』

1976 **ド・マン、コーネル大学にて「盗まれたリボン」を講義（のちの『読むことのアレゴリー』最終章の原型）**／デリダ『グラマトロジーについて』スピヴァクによる英訳版刊行／MLA（近現代語学文学協会）におけるパネルでエイブラムスの「脱構築の天使」と題する脱構築批判への応答としてミラーが「宿主としての批評家」と題する論考を読み脱構築を擁護／カルロ・ギンズブルク『チーズとうじ虫』／アメリカ独立二百周年／ベロー、ノーベル文学賞受賞

1977 **ド・マン、ルソー『告白』論「盗まれたリボン」を批評誌〈グリフ〉創刊号に発表／ド・マンを指導教授とするバーバラ・ジョンソン、博士号請求論文『詩的言語の脱構築』を脱稿しイエール大学へ提出**／ロバート・クーヴァー『公開火刑』／ジミー・カーターが第39代アメリカ大統領に就任（-1981）

1978 **ド・マン「メタファーの認識論」をデリダ「白の神話学」への論争的応答として発表**／ジョンソン「参照の枠組——ポー、ラカン、デリダ」で「盗まれた手紙」論争に介入／スタイナー『むずかしさについて』／バーコヴィッチ『アメリカのエレミヤ』／サイード『オリエンタリズム』

／スーザン・ソンタグ『隠喩としての病い』／柄谷行人『マルクスその可能性の中心』
1979　ド・マン、春学期のみシカゴ大学で講義／ド・マン『読むことのアレゴリー』／カーモード『秘儀の発生』／デリダ、ド・マン、ミラー、ハートマン、ブルームの共著『脱構築と批評』が実質的なイエール学派宣言として刊行される。
1980　ド・マン、イエール大学教授陣のうちで最高の名誉であり、かつてはアウエルバッハもその座に就いていたスターリング教授に任命される／ハートマン『荒野の批評』／バーバラ・ジョンソン『批評的差異』／ショシャナ・フェルマン『語る身体のスキャンダル』／スタンリー・フィッシュ『このクラスにテクストはありますか？』／グリーンブラット『ルネッサンスの自己成型』
1981　ド・マン、コロンビア大学トリリング・セミナーでフランク・カーモード、M・H・エイブラムスと論争／ハートマン『テクストを救う』／カラー『記号の探求』／ジェイムソン『政治的無意識』／スティーヴン・グリーンブラット編『アレゴリーと表象』にド・マン「パスカルの説得のアレゴリー」が収録／デリダ『散種』ジョンソンによる英訳版刊行／ロナルド・レーガンが第40代アメリカ大統領に就任（-1989）
1982　J・ヒリス・ミラー『小説と反復』／グリーンブラット、自著『英国ルネッサンスにおける形式の力』において初めて「新歴史主義」(New Historicism）を使う／アリス・ウォーカー『カラー・パープル』
1983　２月から３月まで、ド・マン、コーネル大学の連続講演「メッセンジャー・レクチャーズ」を担当し、全六回の最終回を「ヴァルター・ベンヤミンの『翻訳者の使命』」で締めくくる／ 12 月 21 日、ド・マン没、享年 64。癌と闘った晩年であった／デリダ「根拠律」／カラー『ディコンストラクション』／ジョナサン・アラックほか編『イエールの批評家たち——アメリカにおける脱構築』／レイモンド・カーヴァー『大聖堂』／レーガン政権、戦略防衛構想（SDI）別名スターウォーズ計画を発表／柄谷行人、『隠喩としての建築』でド・マン理論を援用
1984　ド・マンの遺作『ロマン主義のレトリック』が出版され、ハーヴァード大学博士号請求論文の一部「イエーツにおけるイメージとエンブレム」収録／フェルマン『語る身体のスキャンダル』英訳刊行／ジェイムソン「ポストモダニズム、または後期資本主義の文化論理」
1985　ド・マン追悼企画として〈イエール・フレンチ・スタディーズ〉69号が全面的に「ポール・ド・マンの教え」特集号を組み、同僚や高弟の寄稿をずらりと揃える中で、とりわけ最晩年の教え子にしてのちに作家となる水村美苗が博士課程の口頭試問用に用意した論考「リナンシエイション（拒絶)」が話題を呼ぶ／ロバート・コン・デイヴィス＆ロナル

ド・シュライファー編『修辞学と形式――イエール大学における脱構築』／フェルマン『狂気と文学的事象』／チェイス『比喩の解体』／ダナ・ハラウェイ「サイボーグ宣言」発表、のちに文化研究の正典となる。

1986　ド・マン『理論への抵抗』ヴラド・ゴズィッチ編／J・ヒリス・ミラー、MLA会長に選出され12月の年次大会で会長講演「理論の勝利、読むことへの抵抗、そして唯物論的基礎への問い」を行なう（PMLA 1987年5月号に掲載）／<ニューヨーク・タイムズ・マガジン> 1986年2月9日号がカバーストーリーにコリン・キャンベルの「イエール系批評家の猛威」を掲載して脱構築を全面特集。

1987　ベルギーのルーフェン大学大学院生オルトウィン・ド・グラーフがド・マンに関する博士号請求論文を執筆中の調査過程で、ド・マンの戦時中における対独協力記事を大量に発見し、イエール大学およびイギリスの学術誌へ報告、盟友デリダも知るところとなる。これをきっかけに〈ニューヨーク・タイムズ〉の暴露記事がいわゆる「ド・マン事件」を引き起こし、「ド・マン裁判」のかたちで脱構築批判が激越化／J・ヒリス・ミラー『読むことの倫理』／ジョンソン『差異の世界』／アラン・ブルーム『アメリカン・マインドの終焉』

1988　ド・マン『戦時ジャーナリズム1939-1943』ヴェルナー・ハーマッハー、ニール・ハーツ、トマス・キーナン編／デリダ『メモワール、ポール・ド・マンのために』／カラー『記号の枠組』／クリストファー・ノリス『ポール・ド・マン――脱構築と美学イデオロギー批判』／スピヴァク「サバルタンは語ることができるか？」

1989　ド・マン『批評的著作1953-1978』リンジー・ウォーターズ編／『ポール・ド・マンの戦時ジャーナリズム（1940-1942）への応答』ヴェルナー・ハーマッハー、ニール・ハーツ、トマス・キーナン編／グリーンブラット『シェイクスピアにおける交渉』／ジョージ・H・W・ブッシュ第41代大統領就任

1990　グリーンブラット『悪口を習う』

1991　デイヴィッド・レーマンによる最初のド・マン伝『サイン・オヴ・ザ・タイムス』が刊行される／バーコヴィッチ『「緋文字」の役割』／湾岸戦争／米ソ冷戦終結

1992　フェルマン＆ドリ・ローブ編『証言』において、フェルマンがメルヴィル『白鯨』翻訳者としてのド・マンを分析／グリーンブラット『驚異と占有』／ギルバート・アデア『作者の死』にド・マンとおぼしき教授が登場する／フランシス・フクヤマ『歴史の終わり』

1993　ド・マン『ロマン主義と現代批評』E・S・バート、ケヴィン・ニューマーク、アンジェイ・ワーミンスキ編／トニ・モリスン、ノーベル文学賞受賞

1995　水村美苗『私小説 from left to right』が指導教授ド・マンに言及。
1996　ド・マン『美学イデオロギー』アンジェイ・ワーミンスキ編／物理学者アラン・ソーカルの偽論文「境界を侵犯すること――量子重力の変型解釈学に向けて」が文化研究の中核を成す学術誌〈ソーシャル・テクスト〉46/47号（1996年春季／夏季合併号）の「サイエンス・ウォーズ」特集号に掲載されたことで、著者本人が査読者および最先端文化研究者の無知蒙昧を暴き弾劾する「ソーカル事件」が起こる。それは翌年1997年のソーカル＆ジャン・ブリクモン『知の欺瞞』刊行とともに、理系学者側から当時最もファッショナブルとされた文化研究批判を、転じてはポストモダニズム批評全般を左翼系知識人の馬鹿騒ぎと見て攻撃する論争をエスカレートさせた（-1997）。
1997　スティーヴ・エリクソン『アメリカン・ノマド』
1999　スピヴァク、『ポストコロニアル理性批判』を刊行し、その献辞にド・マンの名を記す。
2000　フィリップ・ロス『ヒューマン・ステイン』（映画化邦題『白いカラス』）
2001　デリダ、「タイプライター・リボン」と題するド・マン論を発表（バーバラ・コーエン編『物理的事象――ポール・ド・マンと理論の起死回生』に収録）／マーティン・マックィラン『ポール・ド・マンの思想』／9.11同時多発テロ
2003　スピヴァク『ある学問の死』
2007　マーク・レッドフィールド編『ポール・ド・マンの遺産』／ジェフリー・ハートマン『ある学者の物語』
2010　バーバラ・ジョンソン『モーセと多文化主義』
2012　ド・マン『ポスト・ロマン主義の苦境』がマーティン・マックィラン編で刊行。ただし、これはあくまで博士号請求論文の草稿であり、最終版からは削除されたステファン・ゲオルゲ論も収録／主著『盲目と洞察』『読むことのアレゴリー』の邦訳刊行／土田知則『ポール・ド・マン――言語の不可能性、倫理の可能性』／スピヴァク『グローバリズムの時代における教育の美学』
2013　ド・マン没後30周年を迎え再評価の気運が高まり、岩波書店『思想』7月号（通巻1071号）が本邦初の全面的ポール・ド・マン特集を組む
2014　ド・マンの元同僚イヴリン・バリッシュによる550頁におよぶ伝記『ポール・ド・マンの二重生活』が刊行される／マーティン・マックィラン編『ポール・ド・マンのノートブック』／バーバラ・ジョンソン『メアリ・シェリーのいる人生』
2016　マーク・レッドフィールド『イエールの理論』

索引

※主だった人名および項目を対象にした。
作品名、関連事項等は著者ごとに立項している。

◉ア行

◉カ行

◉サ行

◉タ行

◉ナ行

◉ハ行

◉マ行

◉ヤ行

◉ラ行

◉ラ行

【著者】
巽 孝之
…たつみ・たかゆき…
慶應義塾大学文学部教授（アメリカ文学、現代批評理論）
1955年、東京生まれ。コーネル大学大学院修了（Ph.D, 1987）。
日本英文学会監事、日本アメリカ文学会会長、アメリカ学会理事、
北米学術誌 *The Journal of Transnational American Studies* 編集委員などを務める。
●主著に『サイバーパンク・アメリカ』（勁草書房、
1988年度日米友好基金アメリカ研究図書賞）、

『ニュー・アメリカニズム』（青土社、1995年度福澤賞）、

『アメリカン・ソドム』（研究社、2001年）、『リンカーンの世紀』（青土社、2002年）、

『「白鯨」アメリカン・スタディーズ』（みすず書房、2005年）、

『モダニズムの惑星』（岩波書店、2013年）、
Full Metal Apache (Duke UP, 2006, 2010 IAFA Distinguished Scholarship Award) など多数。

本書は『メタフィクションの謀略』（筑摩書房、1993年）、

『メタファーはなぜ殺される』（松柏社、2000年）に続く批評理論研究である。

ウェブサイト：http://www.tatsumizemi.com/

フィギュール彩 58
盗《ぬす》まれた廃墟《はいきょ》
ポール・ド・マンのアメリカ
二〇一六年五月一五日　初版第一刷
著者——巽 孝之
発行者——竹内淳夫
発行所——株式会社 彩流社
〒102-0071
東京都千代田区富士見2-2-2
電話：03-3234-5931
ファックス：03-3234-5932
E-mail：sairyusha@sairyusha.co.jp
印刷——明和印刷(株)
製本——(株)村上製本所
装丁——仁川範子

ISBN978-4-7791-7061-4 C0398
http://www.sairyusha.co.jp